好好生活

赵琦 著

黄河出版传媒集团
宁夏人民出版社

图书在版编目（CIP）数据

好好生活／赵琦 著. —银川：宁夏人民出版社，2017.6

ISBN 978-7-227-06689-7

Ⅰ.①好… Ⅱ.①赵… Ⅲ.①诗集—中国—当代 Ⅳ.①I227

中国版本图书馆 CIP 数据核字（2017）第 168490 号

好好生活　　　　　　　　　　　　　　　赵　琦　著

责任编辑　杨敏媛
封面设计　王　稳
责任印制　肖　艳

出 版 人	王杨宝
地　　址	宁夏银川市北京东路 139 号出版大厦（750001）
网　　址	http://www.nxpph.com　　http://www.yrpubm.com
网上书店	http://shop126547358.taobao.com　http://www.hh-book.com
电子信箱	nxrmcbs@126.com　　renminshe@yrpubm.com
邮购电话	0951-5019391　5052104
经　　销	全国新华书店
印刷装订	四川金邦印务有限公司
印刷委托书号	（宁）0005631

开本　880mm×1230mm　　1/32
印张　9　　　　　字数　200 千字
版次　2017 年 8 月第 1 版
印次　2017 年 8 月第 1 次印刷
书号　ISBN 978-7-227-06689-7
定价　38.00 元

版权所有　侵权必究

诗歌让生活增加光彩
——诗集《好好生活》序

叶延滨

　　友人发给我赵琦先生的诗集稿《好好生活》,希望我读后能为这个集子写点感想。赵琦是个陌生的名字,在我脑海的诗友名单中没有这位朋友。当我读完这部诗稿,我脑海中的赵琦就逐渐清晰了:他曾在大西北当兵,戍边新疆,把青春和热汗留在了边关大漠,现在回到内地,相伴一生的妻子守在身旁,远在他乡的女儿给他添了个外孙女……赵琦是一位生活中充满诗意又坚持一生与诗相伴的诗人。他不是一个专业诗人,诗歌不会给他带来功名和荣耀。但他的确是一位诗人,他热爱诗歌并且坚持写诗,诗歌是他最亲近的朋友,诗歌也忠实地成为他生活的一部分。当我读到《好好生活》的时候,我的眼前浮现了一个真实的有血有肉的赵琦,他的诗歌是他心灵的写照,是他灵魂的"心电图",也是他精神世界的写真集。

　　大西北是诗人的摇篮,许多热血男儿,只因生活中有一段当兵的岁月,于是也成了诗人。一手持枪,一手写诗,何等浪漫又何等风流:"在远方遇见一群战友/就是遇见一群亲人/他们个个怀着老感情/过着新生活/他们用欢喜的眼神看着我/看得我心头发热还不放过/还拉着手一杯一杯喝酒/把边风关月喝下去/把八百里瀚海/喝下去//我们都是忍受过寂寞的人/忍到最后各奔前程/等进了城,好像走进更大的寂寞/见一次解脱一次/人在世上或许就这样/不断被寂寞折磨着/忍不住寂寞是危险的/也是最靠不住的人……"这首《战友》写出了边塞给予诗人的满腔豪气,也写出了大漠朔风吹打出的英雄气概。这样的诗情,是充满骨气和正气的诗歌精神,读这样的诗会感受到浩然正气拂面而来,这样的诗歌在任何时候都是诗坛不可缺少的正能量。当然,不是守过边关就能成为诗人写出诗,更重要的是他是一个心有大爱的人,一个内心有文化追求的人。这样的人才能将边关风云化作笔下的丹青长卷。诗作《读诗随想》,告诉我们诗人是怎样在时光的长河里追寻诗歌的源头,同时也展现了诗人内心绵长而细腻的情愫:"在悬空的生活里/喝下女儿红/恍惚的生活啊/都已成时间的补丁/混在鱼群里,隐在梦中//请你不要登高望远/小心碰碎虚无的夜晚……不要说缘/缘像核桃/是爱与恨的纠缠//要弹,就弹独弦琴/白云,丁香,甚至惆怅/甚至泪眼/都留在边关//做西安的针吧/狠狠地疼……"读到这样的诗,和前面的《战友》相比,多了几分柔情,添了几寸愁绪。恰恰因为也有这样的诗,才让我们看到当代军人侠骨柔肠的内心。生活多彩,人生滋味也有酸甜苦辣。当岁月如大风吹过荒漠,回首看去,那些记录下戍边生活的诗篇,像一簇簇芨芨草和骆驼刺,坚定地站在荒原上。它们说,在你留下过汗水和热血的地方,回首皆有风景!

诗歌是生活中开出的花朵,诗歌也是语言的艺术。我很敬佩诗人赵琦,因为在读他的诗作过程中,时常为他写作时显露的才华而惊叹不已。《塔什库尔干古石头城》是山水旅行诗歌中的佳品,也许这座城对于赵琦不是风光记忆,而是生命的一段故事,于是诗歌才格外意象丰富:"城堡/高高在上/一个离太阳最近的国家/被大风吹碎//此刻,我们和石头对视/谁也不抢先发言/打破沉寂,哪怕落下一根针/都可能惊走高原的记忆//残缺的炮台似在诉说/断壁上的弹孔/像干枯的眼睛/向苍茫处凝望//山鹰在高处盘旋/马群在草地上撒欢/塔什库尔干河水/亮成一条彩色的缎带//有人在城垣上翻动/企图拣出一段故事/我把一块石头悄悄揣进怀里/那是一张/高原打磨过的脸……"这首诗由六个意象完成了对石头城的咏叹。其中"一个离太阳最近的国家,被大风吹碎"这个意象出奇而宏大;"落下一根针,惊走高原的记忆"这个意象精细而贴切;"弹孔像干枯的眼睛,向苍茫处凝望"这个意象能触动心魄;"石头是一张高原打磨过的脸"这个意象诡异神秘。意象生动是因为诗人的想象力张开了翅膀,而语言的简洁朴实,则让诗人贴近了大地,如种子般获得生命力。诗作《西山》用土得掉渣的乡土方言,让诗歌像一幅木刻年画:"麻麻的西山/一条涧沟/两个羊倌/面对面,谝闲传/谝到那一年/一个端烟袋/一个摸火镰//我打沟中过/接住一个话头/日上三竿/接住另一个话尾/已经黄昏……"这首诗的风格,让我想起了已故的著名诗人张志民,小速写,风俗画,乡土情,都在亲切的方言俚语中,显示了诗人向民间学习的态度和驾驭语言的才华。

  诗歌是生活的好伴侣。在赵琦的作品中,他的诗还向我显示了不可忽视的作用。我说,诗歌让我们回首皆风景,不仅是因为我们付出的青春和汗水,会长出坚强的芨芨草,还因为我们经历过的风雪和艰辛,会成为历史的记忆。《一场雪》记录的是1976年的一场雪,更为时代巨变留下了不会融化的印痕:"一场雪骤然而至/让人毫无知觉/把什么都埋住了/孤烟,长河,春三月……//人老几辈/谁也没看见/云这么厚过/雪这么下过/雪很轻很轻/十里八乡几辈子的土坯屋/深深伏下了身子/感觉沉重的还有土地//这是1976年/一个时代就要过去了/老天爷用一场雪/清理出一片空白/被雪堵在屋里的人们想/等天暖了,雪化了/赶紧下地干活/从今以后,好好过日子……"关于1976年结束十年"文化大革命",有各种记忆和各种诗歌,大多数是高声歌唱和大声诅咒,歌唱粉碎"四人帮",诅咒"文化大革命"的倒行逆施。赵琦的《一场雪》，为时代的记忆增加了另一种色调和气氛：乍暖还寒，风雪骤至，无声无息，沉稳冷峻。诗歌独辟蹊径的写法后面，是诗人独具慧眼的观察力和独立思考的洞察力，诗人的笔下展示的事物也就有了不同凡响的魅力。这样的好诗就像《雾中上八达岭》诗人笔下的好汉，平凡而常不为人知："踩不着雾/就踩着自己的回声/亦步亦趋/攀上八达岭//站在历史的高处/放眼长城内外/白茫茫一无所有/而身边站着一群好汉//好汉最容易被埋没/不埋在大自然/就埋在另一些人/眼里//低下头来/所谓江山/不过是脚下三五块/陈旧的砖石……"举重若轻，世事洞明，诗句里凝结的是诗人经风沐雨观察社会，珍珠般晶莹的生命体验啊！

《好好生活》是一本朴实，丰厚而又显示诗人才华的诗集。我不能苛求诗人篇篇都是珍宝，虽然有些作品稍显匆忙和粗浅，但赵琦把它们视为自己生活的一部分，真诚地呈现在读者面前，与大家分享，我也要理解和感谢诗人。

生活还在继续，写下这些文字，真心祝愿诗人赵琦今后有更多更好的作品问世！

是为序。

2017年6月于北京

叶延滨，现任中国作家协会诗歌委员会主任，中国作家协会全委会名誉委员。曾先后任《星星》诗刊主编，北京广播学院文学艺术系主任，中国作家协会《诗刊》主编。中国作家协会第六、七、八届全国委员会委员。迄今已出版个人文学专著48部，作品自1980年以来先后被收入了国内外500余种选集以及大学、中学课本。

目　录

诗歌让生活增加光彩（序）／叶延滨／1

第一辑　好好生活

好好生活（组诗）／3
汶川大地震记（组诗）／16
战　友／26
从通州到廊坊／27
虚荣心／28
越来越小／29
五　一／31
早　行／32
早　春／34
杭州记事（组诗）／35
鹏城随记（组诗）／66
访谈断想／74

第二辑　军营岁月

着　装 / 77
我们相约探家去 / 78
班　长 / 80
一个技术干部 / 82
兵味早餐 / 83
想念一位战友 / 84
遥远的城 / 85
买苹果 / 86
赶巴扎 / 87
达坂城 / 89
一场雪 / 90
春　雨 / 91
一把老铁锹 / 92
我们在戈壁滩上种树 / 93
新疆杨 / 95
车过吐鲁番 / 96
蹚干沟 / 97
夜宿库尔勒 / 98
渴饮三岔口 / 99
走进伽师城 / 100
说起托克逊 / 101
回喀什 / 102
小　城 / 103
麻书记 / 104
塔什库尔干古石头城 / 106
那　夜 / 107

西去的路 / 108
胡　杨 / 109
"伊力老窖" / 110
军营歌声 / 111
谁家的军嫂 / 112
走桥南（四首）/ 113
十　月 / 117
回眸十月 / 118
卫星回收纪事（组诗）/ 119
伊拉克战事（组诗）/ 125
你一说那个地方 / 132
旧军装 / 133
战友之间 / 134
东太平洋上 / 135

第三辑　西部情怀

冬季，我深深北望 / 139
五　哥 / 140
父亲的春天 / 142
苦　菜 / 143
300元真有些少 / 144
大　哥 / 146
西　山 / 147
长辈们 / 148
冬　夜 / 149
老　八 / 150
母　亲 / 151
送别母亲 / 152

南风吹过来 / 153
一片黄叶落了 / 154
黄　土 / 155
上　坟 / 156
纸　钱 / 157
东山坡 / 158
老窑洞 / 159
栽一棵树 / 161
去看一个病人 / 162
弟兄之间 / 164

第四辑　途中拾零

把祖国装在心里 / 167
人在病中 / 168
江　阴 / 170
在江南看十五的月亮 / 171
无锡小灵山 / 172
走到天涯海角处 / 173
学走路 / 174
"喊叫水" / 175
贵阳印象 / 176
露　脸 / 178
梧桐叶 / 179
雪 / 180
雾里上八达岭 / 181
雁荡山 / 182
心境三题 / 183
上　塬 / 185

很多年 / 186
走出一个老地方 / 187
短　信 / 188
东大街 / 189
玫瑰花 / 190
风·蟹·舟·荷 / 191
夜行车 / 192
城边上 / 193
高楼下的民工，睡着了 / 195
下坡路 / 196
五柳园 / 197
韩式烤肉 / 199
路　遇 / 200
不明不白 / 201
青岛啤酒 / 202
路　畔 / 203
循着路边走 / 204
井冈山（七首） / 205
庐山（五首） / 210
使绊子 / 215
小男孩 / 216

第五辑　散文随笔

永远的小城 / 219
走近晋北 / 223
三月情结 / 227
我写"一头老驴" / 231
春雨淅沥好睡眠 / 235

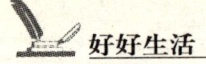 好好生活

军营春暖 / 237
读诗随记 / 240
酒后絮语 / 244
章草杂说 / 247
从一则短信说开去 / 250
南昌印象 / 253
格桑贲措 / 255
一朵菊 / 259
家乡有个好地名 / 261
中国男儿的精神光芒 / 267
嚼得菜根，百事可成 / 269
百草园 / 272

后记 / 275

第一辑

好好生活

好好生活（组诗）

我跟着你

我跟着你，瞻前顾后
亦步亦趋，忠心不二
你说上哪就上哪
我跟着你，可以为你拎包
先逛"爱家"，再逛"百盛"
市场很大，日子很长
既然来了，连东大街
也逛逛吧
我跟着你，可以做你的拐杖
上南城墙，绕古城一周
鸟瞰红尘，吼一声秦腔
把满肚子英雄气
徐徐吐向人间
我跟着你，遇事沉着
心里踏实，当不了下手
好歹也当个尾巴
活到这份上
我得跟定一个人
这个人非你莫属

好好生活

我不会出门，不会问路
不会理家事
我这辈子
没有学会的事情太多太多
我得跟紧你，让后半辈子
活出个模样来

秘　密

第一回认识你
许多话没有说
第二回娶你时
许多话来不及说

第三回，你抱着女儿
跟我走西域
风沙吹打着我们一家
许多话，再也说不出口

一晃数十年过去了
你我迟早是客死他乡的人
我们应该用现代人的方式
说出心底的秘密

搬　家

搬一回家
就是和一堆旧东西
再叙叙旧

家当跟过时的人一样
搬一遭旧一回
点点滴滴的斑痕
与眼前的新生活
骨子里和谐
面子上总不和谐

衣服多半是旧的
随手拎起一件
像拎起经年的日子
一块刺眼的补丁
冷不丁地
勾起一丝暖意

成箱成箱的书
还没有读，已经旧了
翻开一页，再翻开一页
几行熟悉的文字
曾给人多大的激励啊
如今，也旧了

我们已活了几个时代
今天才知道
这些年东奔西走
生活赐予不薄
触摸之间，不由长长
一声叹息！

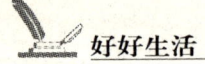

搬一回家
就像重新再活一遭人
再苦再累
也要伴着一堆旧东西
活到底

喝一杯酒

喝一杯吧
再不喝,机会不多了

一辈子不喝酒的男人
刚烈减少一半
一辈子不喝酒的女人
爱心大打折扣

不要嫌辣
我看着你
喝!

为你擦脸

我用温热的毛巾
为你擦一把脸
擦去你的病容 以及
你多日劳累的疲倦
在这新春的阳光里
我轻轻地擦
你轻轻地说:

真舒服！

哦，我还不曾为一个女人
如此细心地擦洗过容颜
你的话令我深深自责
我忽然想起母亲
禁不住泪溢双眼

哦，我要多多地疼你
如果可能，把这些多余的皱纹
也一并擦去吧
我愿赎一赎自己的罪孽
我要把在母亲那里失去的
在另一位母亲这儿
再补回来

祝你快乐

陪你出行，为你拎包，心里一阵温暖
你是三·八的老主顾了，我们坐308路
沿南二环一直往西，边走边看
在这个日子里，到处都是春天

女售票员态度极好，边收钱边站起身
把自己的座位让给你，你连声谢着
又把座位让给我，惹得她微微一笑
心里不免又一阵温暖

我们就长安路下车吧，这么老占着座位

 好好生活

心里不安,我们往南,去小寨,国贸
去很多妇女常去的地方
那里据说是古城的一个热点

碰上一双鞋,你左看右看,翻过来看
让我穿上看,我感觉很舒适,很名牌
很不便宜,你说别脱了
把旧鞋拎着走吧
我谦虚,服从,孩子气,抿嘴笑

哦,老伴,今天应该属于你
等转完街,我买汉堡包给你吃吧
再配一包薯条,一撮小豆,一杯红茶
最后送上一声:祝你节日快乐!

一束花

一束花,在案上静静绽放
没有任何炫耀意图
一束花用生命的遗韵
温馨着一个家

花是女儿献给她们母亲的
女儿也是孩子的母亲
她们今后都会有人献花
每年重温一次做母亲的快乐

我的母亲不知道世上有母亲节
一辈子没有人为她献花

记得在她入土的时候
我们为她献上纸做的花

当那些苍白的花朵就要化为灰烬时
我想，在那火光背后
母亲一定看清了
儿女们的真面目

爱

爱一个人
好好爱她
爱到底，就是幸福的人

爱一份工作
怎么爱都行
只要与命运同在

爱一个地方
就把脚印留下
让梦去追寻

小爱戚戚，大爱无形
人这一辈子
许多爱，都在路上
可别让爱绊了腿

好好生活

狗看星星

我上网,小孙女凑上来
左瞅瞅,右瞅瞅,上下瞅瞅
我说狗看星星呢!
她连着问狗看星星啥意思?
我说狗看星星就像你看电脑
她咯咯笑起来说
我还可以问呢!
我说就是,你看电脑问这问那
狗看星星从来不问
你的问题比狗多
她一下笑得弯下了身子

春　雪

孙女睡得很甜很甜
我不忍心唤醒她
但,这么好的雪可别耽误了
我附在她耳边轻轻说
下雪了!

她一骨碌爬起来就去掀窗帘
啊,多好看的雪花
树梢白了,草地白了,这是为什么?
孙女对雪花的感情令我感动

我知道,她的心里和雪花一样洁净

她有理由为这场雪喝彩
尽管,她还很小,远远不懂
雪落大地的意思

在今后的很多年里
一定还会下很多雪
我想找一位大地的主人
为她讲讲这些

新生活

兜里悄悄装几粒葡萄干
领着孙女出门去
孙女玩着玩着就自己跑过来
踮起脚把小手伸进衣兜
仔细地捏出一粒又跑开
我嘴上说不能自己掏不能自己掏
心里很乐意看她的小动作
回家来又背着她说给她奶奶
老两口私下乐一回
有时睡着睡着想起来
枕上自个儿又一乐
这就是我们的新生活

滑滑板

牵着孙女学滑滑板
牵着牵着觉得差不多了
轻轻松开手,放个"单飞"

好好生活

孙女很兴奋，训练的信心大增
我乘机给她戴几顶小高帽：
已经取得突破，有了实质进步
上了一个台阶，前景看好
她一边高兴一边问，什么意思？
我一边解释一边想
人从小往大长，真好
啥东西很快学会了
等到老来时，只会遗忘
一件一件，都不会了
前院谁家的老人
上个月还走得好好的
这会儿已经不会走了
出门进门，让人扶着

红书包

校车来了，孙女背起书包排队上车
我看见刚才还拎在我手中的红书包
突然间那么硕大，那么沉重
盖住了孙女小小的后背
压得她弯下了身子
但她仍然和身边的同学说笑着
她哪儿知道，她背负着我们
最令人心痛的
教育

一个梦

天亮前做梦
梦见乡下亲戚光阴好了
赶着马车进城
想帮我做点事情
却站在远处向小区张望
我看见了赶紧招呼上楼
心想我们用不着马车
也不能慢待亲戚啊
正谦让着突然醒了
直到天亮也没有想起
那个亲戚
是谁

装　包

零食，药品，还有棉衣
该带哪件？
老伴一边拾掇
一边念叨

我乱翻书
我乘她把包填满之前
悄悄把几本诗刊
塞了进去

三千里旅途

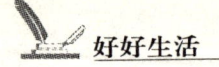 好好生活

我情愿少吃一个苹果
也不能没有
红颜知己啊

一个人老了

一个人老了的时候
遗忘是幸福的
忘掉的都是痛苦
剩余的,就是快乐

一个人老了的时候
糊涂也是幸福的
不知道孤独
也没有多余的欲望
完全自然地活着

直到有一天
老得睁不开眼睛
儿孙们都觉得这人真老了
幸福就算到头了

那一日

那一日,才青涩茫然,小试春风
不识时光几多深浅
现在,已柿红如霞了

那一日,是非有曲直

隔江争得面红耳赤
现在，对错无答案
三千赤壁都已过去

那一日，把酒当歌
一呼一应复一笑
现在，喜欢一个人
静静的，吃一碗清汤面

那一日，可以诉说、哽咽
流出一把泪来
现在，都不会了……

一只鸟

一只鸟在窗外唱歌
仔细一听，歌词很撩人
来吧来吧来吧，迷你迷你！
来吧来吧来吧，迷你迷你！

这么美的词不知谁作的
那曲调一定是声声慢
不知唱给谁听

我悄悄靠近窗前离她更近些
一直听到太阳出来
一直听到歌声飞走

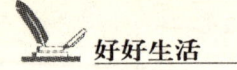 好好生活

汶川大地震记（组诗）

川北，川北

川北，川北
天地瞬间颠覆
时间顷刻破碎
黑云将太阳吞噬
千里无鸡鸣犬吠

川北，川北
今夜，你在凄雨中流血
我在冷风中流泪
一万颗魂灵游荡
一千家永远沉睡

川北，川北
我们千万遍将你呼唤
愿你明早醒来
只要心灯不灭
生命之钟定会响彻如雷

川北，川北

一个国家和民族的巨手
定会托起比灾难
更重更大的爱

一座城

  报载：北川小城在1400年历史中，饱受旱灾、风灾、水灾和震灾之苦，曾多次被毁……

一座千年古城
瞬间倒下了
巨大的废墟
轰然砸在心头

一座多灾多难的城
再也哭不出声音
像母亲眼里
流不出的一滴泪

一座风雨洗礼过的城
只剩一轮残月
冷冷照着
每一块石头

黑暗中死去一座城
阳光下必定站起另一座
她的名字叫
——北川

孩子,挺住

孩子,挺住
一定会得救!

孩子,你没有迷路
我们找到你了
你见到亲人了!

孩子,你看上去那么柔软
稚嫩的肩膀难以负担沉重的学业
但是今天,你却承担起千斤压迫
你扛住了死亡的威胁
你令跪倒的教学楼,对生命忏悔

孩子,别哭
好好活下去!

山下,那108块砖头

什邡市洛水镇李冰村一座山下,埋葬着洛水中学108名地震遇难学生,每位学生墓前立着一块红色的砖头,那些下葬前还没有被认领者的砖头上都刻着记号……

山下,那108块滴血的砖头
108名学生的墓碑
108株凋零的花朵
静静地,静静地沉睡

大山在凄风中呻吟
村庄在阴云下哭泣
108个鲜活的生命
静静地，静静地沉睡

再不能为妈妈做晚饭
再不能陪爷爷奶奶说悄悄话
108个家庭美好的憧憬
静静地，静静地沉睡

几只蝴蝶飞啊飞，久久不离去
那一定是108个孩子的化身
在去天堂的路上
徘徊，再徘徊……

我叫陈坚

我叫陈坚，我扛着死亡
讲述一段死亡的过程

在死神苦苦相逼的73小时里
我说我不会放弃，我必须坚强
我老婆怀着我的孩子
孩子出生时不能没有爸爸
我还说我不放弃深爱我的每一个人
大难不死必有后福啊
但是现在，我累了
我的气力已经用完

我听见医生对我的抱怨:
"你个傻子,都坚持这么久了
怎么再不多坚持一会儿!"
我还听见女记者的哭喊
"你醒醒,你老婆还在等你回家呢!"
我想睁开眼睛,但是我累了
我的气力已经用完

6个小时的不断挖掘和呼唤
已经卸下了我灵魂的最后负重
让我说了许多许多
但我还有许多没有说出啊
我甚至还没有说出一声
谢谢……

谭千秋

100年以后,许多事情将被遗忘
但,人们不会忘记汶川
不会忘记数万惨遭涂炭的生灵
而你是其中的一员
你的名字叫谭千秋

许多人在最后时刻
都会被死亡彻底击倒
而你却能在三尺讲台上
像山一样永远挺立!
你的名字叫千秋

你把自己展成鹰的姿势
让脊梁驮扶死亡
而把一双翅膀
留给四条年轻的生命去飞翔
你的名字叫千秋

每一名学生都是教师的学生
每一名教师都是学生的教师
你是伟大的人民教师
站立在天地间
师魂千秋，精神千秋！

汶川大地震七日祭

该上路了，你们
34073 名母亲的儿女
34073 颗游荡的灵魂
34073 个不朽的生命！

七天来，我们在废墟外
你们在废墟里
我们之间，是一段多么凄绝的距离
你们的血流干了
我们的泪
在天地间纷纷扬扬

七天来，你们苦苦守着家园
守着这块生过爱过付出过的土地

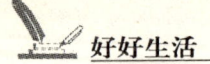 好好生活

哪怕已成废墟
也久久不愿离去
你们替生者承担了
太多的灾难啊

今天，五星红旗低垂
悲号撕裂长空
13亿人民为你们致哀
祖国母亲为你们壮行
在通往天堂的路上
我们已点亮满天星星

该上路了，你们
34073名母亲的儿女
34073颗游荡的灵魂
34073个不朽的生命！

记住两名教师的名字

在映秀小学倒塌的废墟里
有两名教师被挖出来了
挖出来的是他们的遗体
他们的灵魂已经归去
我坚信那灵魂就在附近
在汶川的上空，徘徊

在他们用臂弯撑起的死亡之下
有四名小学生都还活着
战士们流着泪挖掘了整个过程

我写下这些句子时
每个词都含着一滴泪水
我的诗句已不能赞颂他们
我只能记下他们的名字——
两位最普通的农村教师
一位叫张来亚
另一位叫联芳

幸存者

地震中的死难者
大致相同
而那些幸存者
各有各的幸运

在都江堰光亚中学
第一幸存者
网民叫他"范跑跑"
他灵魂里流淌着文学血液

但,人们宁愿看见
一颗死亡了的灵魂
也不愿看见灵魂的拥有者
因为,这是一颗在灾难面前
首先抛弃学生的灵魂

我们活着

我们是否经历得还不够多?

好好生活

我们仿佛突然之间明白
活着，是多么重要的事情
我们活着，可以感受光明
也可以悲悯苦难
可以赞颂生命的美丽
也可以见证种种毁灭
我们活着，可以尽一点点绵薄之力
也可以笑骂，惊恐，感叹，唏嘘……
我们活着，可以像此刻的我
听任孙女倚在床头絮语
喂一片苹果或者饼干
啊，我忽然泪流满面
我们就这样卑微而苟且地活着
幸福地活着啊
只要我们对生存有一点痛感
让我们好好
活下去！

尊　严

这一幕，发生在南京江宁区
东新南路的一个募捐站
一位乞讨老人捐款5元
他又翻遍身上所有零钱
跑到银行兑一张百元现钞
再一次投进募捐箱

人们不知道他家在何处
只知道他是一位乞讨老人

他的衣服补丁摞着补丁
脚上穿一双破烂凉鞋
手里端一只讨饭碗

他是一位乞讨老人
他倾囊相助，竭尽全力
终于捐出了自己的
良心和尊严

从今往后

从今往后，我会牢牢记住汶川
记住5121428这一串简单的数字

在走向明天的路途上
在悠闲漫步的晚风里
在动笔写一首诗的时候
或者默默低头的瞬间
我都会情不自禁地一再想起

那些有幸走出死亡的人们
那些失去爷娘的人失去儿女的人
那些失去丈夫的人失去妻子的人
汶川和这一串数字
是饮恨终身的一杯苦酒
沁透在骨血里
流淌一生

战 友

在远方遇见一群战友
就是遇见一群亲人
他们个个怀着老感情
过着新生活
他们用欢喜的眼神看着我
看得我心头发热还不放过
还拉着手一杯一杯喝酒
把边风关月喝下去
把八百里瀚海
喝下去

我们都是忍受过寂寞的人
忍到最后各奔前程
等进了城,好像走进更大的寂寞
见一次解脱一次
人在世上或许就这样
不断被寂寞折磨着
忍不住寂寞是危险的
也是最靠不住的人

从通州到廊坊

张晓芹驾着自家的宝马
王倩，还有我，一同返回廊坊
昏暗的路灯有几分暧昧
车内的空气很温柔，淡淡的香
我微醺，双眼朦胧
窗外的夜色比我更朦胧
车子在朦胧中跑得很平稳
我前倾着身子，向前座的她们
讲述我北上的缘由
我已经不是通信站的主任
她们也不是十七八的女兵
我们就像刚刚走出遥远的边疆
正奔走在回家的路上
我讲着讲着几近絮絮叨叨
一段平整的路在絮叨中越来越短
张晓芹时不时嘿嘿地笑
王倩听着听着插一句言
我不由暗暗地想
最好人物、时空、道具都不要改变
就这样一直跑下去
跑不出庸常的生活
也要跑进
夜的更深处……

虚荣心

家乡的一个刊物选登我的一组诗歌
还配发家乡一位作家的评论
和老伴QQ时
她对着镜头给我念那评论
她在那头念,我在这边悄悄乐
她念得口干舌燥,我听得心头发热
躺进被窝觉得
这个晚上很有趣
竟很长时间不能入睡
等到夜风凉下来的时候
渐渐地悟出一点味道
世间,人是最经不住夸奖的动物
哪怕身子骨老起来,肌肉开始萎缩了
一颗虚荣心也要膨胀到生命的终点
总说花是浇死的,鸟是喂死的
人多半是气死的
但,也有许多人
是夸死的

越来越小

那年,我在祖国很小的一个地方
问祖国很大的一个地方
人家说,不知道
我在祖国北方问南方的一个地方
人家说,不知道,不知道

今天,我在祖国东部
问西部的一个地方
人家说,知道,知道
我往西一直问过去
人家说,知道,知道
我问到地球的那一边
人家说,知道,知道
好像不知道的是我

这说明什么问题呢?
这说明改革开放了
社会进步了
人们的视野太广大了
地球已成村寨了

这说明,我们的生存空间

好好生活

已经很小很小
越来越小
小如卵巢……

五一

"劳动创造世界"
这话谁说的？
我们已经忘记了
我们甚至忘记了
什么叫劳动

我们把劳动叫打工
我们把打工叫赚钱
我们把赚钱叫养家糊口
假若有一天
"工人""农民"从字典上消失
我们都是谁的孩子？
我们，该怎样混迹人世！

早 行

早早起来,到外面去,到城郊去
到可以走近村庄的路上去
已经很久没有走走了
甚至很久,没有看见过早晨

出门右转再右转就是小路
可以沿八千渠一直往前
一股凉风扑面
顿觉神清气爽
路边的小草还没有醒
旧日的残叶上
染一层薄薄的霜
枝头上几只喜鹊叫得很欢
喳、喳、喳的声音
叫醒了不远处的村庄
令这个早晨多么美好!

太阳就要升起来了
乳白色的光正在天际弥漫
我要迎着那光走过去

哦,这个早晨

一个孤身在外的人
正迎着春天的阳光走过去
他的胸中荡漾着一股豪气
眼前,他是一条路的主人
两排树的主人,也是
这个早晨的主人

第一辑　好好生活

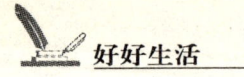 好好生活

早 春

春还太浅
盖不住一层薄薄的雪

一阵风来
会不会把春吹远?

路边的杨树
紧缩着身子

背书包的孩子跑得真快
春,一定在前面

杭州记事（组诗）

行走杭州

裹着北方的行头
迎着北风，吟着宋词
踏着江南的大地
我行走在杭州

过钱江，穿小巷，逛老城
登登六合，游游西湖，瞅瞅雷峰塔
虎跑泉边，留一个丑陋影子
龙井村里，饮一杯冒牌龙井

我还要上一上北高峰
拜一拜灵隐寺，听一听诵经声
我去寻苏小小的香车吧
说不定就在断桥边的酒吧门口

再不，我去看雨巷丁香幽怨的女郎
或者去找浙江的女诗人
比如荣荣，池凌云，柳诗吟等等
她们说不定正在寒风中吟诵

但我绝不去宋城
那里上演着无奈的失败
败给辽，败给金，败给西夏
最后在蒙古人铁骑下，彻底崩盘

我是一个西北人
也算北人南下
我要胸怀西北的气象
把锦绣的杭州
细细看一遍

杭州大雪

杭州大雪，天地几近混沌
西湖满了，钱塘也满了
溢向岸边大片的白
掩埋了层层旧事
北风像从北国吹过来
沁骨沁骨的
户外面看雪的杭州人
都紧缩着头
路上走在风雪中的人
看起来那么的小
像吴冠中老先生不小心
溅落在风雪图中的一个个
小墨点

清早出门的人

这个人急匆匆出门
慢悠悠上路
背着包,举着伞
边走边想
天在上头
地在脚下
风,昨夜已经过去了
还有雨,一路跟着
可能落下什么呢?
就要拐过一个路口
这个人,突然噢了一声
他嘀咕着,折转身子
雨刷刷地
一直跟着……

风在吹

风往前吹
一直吹
不舍昼夜地吹

风从远古就吹过来了
我们不知道风要干什么
我们也不知道
风要到哪里去

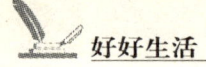 好好生活

风跟着几个人
吹走闲言碎语
跟着一群狗
吹走阵阵狂吠

风把所有的轻浮都吹走了
只留下声声
沉重的叹息

雨 声

"一滴湿漓漓的灵魂在窗外喊谁"
这是余光中的诗句吧

今夜,我被喊醒时
正追赶一个江南的梦
梦中你在浅吟低唱
我将枕上的春天
拉得很长很长

今夜,你的喃喃细语
从天上掉下来
把一颗独处的心灵
一再抚慰
不由再一次想起
——故乡

凌　晨

谁家的鸡
早早叫了
听起来那么远
像隔了一辈子

谁这时候醒来
就知道，一辈子人
慢慢活着
也是一种幸福

那些没有醒来的人
都是有梦的人
他们的梦又长又深
一直会做到天明

一块地

一块地夹在高楼与高楼之间
就像荒漠上残存的一洼水
找不着出路
一块地，在四周窗口的冷冷逼视下
野草枯了一茬又一茬

一块地，曾经繁荣过
可以种花种菜种玉米
它是可以自己养活自己的

如今，老天爷都救不了它
它已完全丧失自我
在风雨袭来的时候
有谁会听见
它那时断时续的
喘息声

秦　腔

走着走着
走到一座桥上
四周无人，遂亮开嗓门
放胆吼了两声秦腔
桥下的水
哪听过这种声音
眼泪流得
哗哗的

霜　降

一个人走走停停
走到一个路口，站住了
望着太阳
久久地，望着

他已经有喊出一声的冲动
几次耸耸肩膀
终于，迈开步子
向前走去

走出今天，就是冬季
清早的太阳
真的很好
很好

不是每一朵花，都会嫁给知音

那一年，有人送我一盆菊
为首的一朵已经露出花蕊
许多蕾苞，正在慢慢绽放
我每天数一数
一朵，二朵，三朵……
每一朵都是浅浅的黄
让人爱得不行
不知为什么，看着看着
总觉娇艳中带几分忧伤

及至来年
盼到枝叶长大，结蕾，开放
竟是一朵朵淡紫色的小花
俗得不忍再看
从此我知道
不是每一朵花儿
都会嫁给知音

希　望

路边的一摊杂草正被清除

渐渐地露出锅台大的一坨地方
有人松土、平整、撒种
再用秸秆围个圈
最后抬起头来

他想把腰身站得更直些
不得不把头抬得更高些
一颗白透了的头颅
照亮满脸沟壑

这些,都不重要
重要的是,他又一次
播下了希望

一只狗

一只狗,叫着叫着
就哭起来了
像一个孩子
哭声拖得很长

一只狗,隔几分钟
就哭一声
为温饱
为自由?

我是个听不得悲声的人
听见一只狗在哭
不由得也想

哭出一声……

月牙儿

月牙儿挂树梢头
像小时候
提手里的
一把镰

镰怎么会那么亮呢？
像谁家的小姑娘
小姑娘连星星都敢要
对了，像半盏灯

半盏灯就照亮人间
人间怎么会那么小呢？
人间什么都藏得住
就是藏不住
半盏灯

读诗随记

（一）

这是指间的江南
桃花令来时
你乘乌篷船，摇小折扇
在悬空的生活里
喝下女儿红

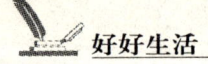

恍惚的生活啊
都已成时间的补丁
混在鱼群里,隐在梦中

请你不要登高望远
小心碰碎虚无的夜晚

(二)

不要说缘
缘像核桃
是爱与恨的纠缠

要弹,就弹独弦琴
白云,丁香,甚至惆怅
甚至泪眼
都留在边关

做西安的针吧
狠狠地疼

短　句

(一)

如果你觉得吃力
请不要轻易放弃
那是因为
你正在走上坡路

（二）

邻居家多日总不安宁
昨夜，忽然传出笑声
让我很长时间
睡不着，但我心里
踏实了许多

（三）

一杯龙井
喝着喝着
就淡了
只剩幽香

这个闲适的早晨
一丝幽香
让一个淡定的人
愈加淡定

（四）

秋风上楼来
一言未发
转身走了

小屋，愈发空了
仿佛刚刚遭遇
一场洗劫

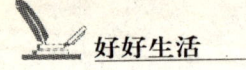

(五)

鸡鸣,狗吠,一阵咳嗽
摩托发动起来了
大门"咣当"被打开
一个人喊另一个人

这些追赶日子的声音
在这个清早
把我记忆深处的村庄
突然唤醒……

(六)

醒来早,
早起又如何?
昨晚尔曾发短信,
今朝尔去离情多,
杨柳舞婆娑。

(七)

出门去,
大雨且休来。
小雨来时浑不怕,
山中户户为吾开,
乘兴上三台。

(八)

驻足问,
踏雨进山门。

枯叶荒径林半暗，
南高峰上杳无人，
闻鸟亦惊心。

南高峰

南高峰烟雨迷蒙
村舍，茶园，山路
以及草木
都在梦中

有人在梦中踏行
拨开荒草
循着无人小径
缓缓走向顶峰

驰望亭上三个人——
一个男人不知山外有山
说着梦话，自斟自饮
一对男女保持距离
望着远处，小声说话

哦，在南高峰的雨中
我相信那是一对
久别情人
在细雨的庇护下
小心翼翼，约会……

村庄里

一个女人和一个男人
吵起来了
女人的声音高男人的声音低
女人的声音短男人的声音长
女人是踢踏舞男人是慢四步
参参差差，重重叠叠，叉叉丫丫
听着就要扭到一起了
却又像背过身子了
像一阵旋风
刷地过去了……

车　上

对面一个 MM
衣着巧人时
乘她咬半口饼干
我多扫一眼

什么都好
还有一张
苍白的脸……

那雨，那风

那雨
是阴性的

叮叮当当
舒舒缓缓
永远落在梦中

梦中有人问
"你想我了吗?"

还有那风
丝一般,细嫩而柔软
像你的手
拂过脸面

这时候,我会陷入
莫名的惆怅……

你的样子

你的样子
就是女孩儿的样子
完全没有多余的样子

你总露出小白牙
露出微笑
你弯着身子笑
捋着长长的发丝笑
让周围人瞅着你笑
我也笑

现在,你是孙女,女儿,姐姐

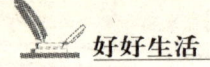 好好生活

不久的将来
你是妻子,媳妇,母亲

那时,我已经很老了
但,一个女孩儿的样子
会伴随着我
一步一步
走向更老……

你的名字

你的名字是三颗红豆
挂在枝头,妆点谁的世界?
你的名字
落入心头,相思逐日长

你的名字是雪片莲
在季节的入口处
铃铛般
摇响!

你的名字
其实是一串笑声
当我这样说出
你笑声朗朗!

关　爱

有时候

关爱真小
那是一豆油灯
或者一朵花

也许还小
那是一杯热茶
让小聚欢
替代同一话题

也许更小
那是一个眼神
让心灵的关照
换回大认同

噢，亲爱的主管
如果这些还不够
请您递一把
阳光吧！

走苏堤

在杭州，我只要去去西湖
就可以了，那里总在上演
人间的悲喜剧
我去西湖，只要去去苏堤白堤
就可以了，那里的故事最多
其余多半是编出来的
我今天就去苏堤
我去苏堤，只要去去南堤

就可以了,我把北堤留着
留给想象和期待
也留给没有去过杭州的人们
我去南堤,一不带相机
二不带杭州姑娘
我只带自己的贴身侍从
在熙熙攘攘的人流中
在绿鬓婆娑的林木间
他与我若即若离
我们过望山,踏锁澜
再看映波,最后走进
东坡纪念馆
小小的馆内除了几幅字——
被盗版无数次的东坡墨迹
一无所有
我要拜见的东坡呢?
哦,他正站在堤头眺望
他已站立很久了
一腔诗气豪气,连同骨肉
已经凝固,完全站成
一尊石头

白堤书

现在正是盛夏,醉吟先生
离你作《钱塘湖春行》
整整过去了一季
湖水虽然满了溢溢了又满
却始终保持鲜亮与应有的深度

这正是你所希望的
知道你别后"不多饮酒懒吟诗"了
十万人家都很伤心
十万人家的生活是被西湖点亮的
西湖是被白堤点亮的
白堤上你吟过的诗句
依旧放射着绚烂的光彩

白堤上的柳丝很长很长
比你别去时更长
这也是你所希望的
但，从白堤上走过的人
一个比一个，更忘恩负义
他们哪里知道
一湖水，一道芳堤，六井清泉
还有二百首千古传唱的诗歌
都是你留下的
你不要怨愤，醉吟先生
钱塘变了，西湖变了，世道
也变了啊

走过断桥

走过断桥
不由想起那个美丽的传说
虽然，断桥不为传说而修
断桥一直在传说中存在

断桥有生命

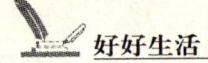

断桥不会老
断桥在游人脚下
一直追寻童年的记忆

西湖需要断桥
就像人间需要那个传说
如果有一天断桥没了
西湖定会哭泣
我们再逛西湖
该去哪里寻找白娘子？

江一村

江一村是个很不错的村子
虽然，江二、江三可能更不错
但，我只喜欢江一
它让我想起江头江尾
还想起江一郎这个人
他是浙江诗人
他会做江一村村主吗？

江一村的人喝着城里的水
住着别墅型小楼房
江一村南北是大马路
马路外面是更高的高楼
东西两边还能看见窄窄的
一小条一小条的土地
长着苞谷、豆角、辣椒、茄子等等
绿茵茵的，散发出庄稼的独特气息

我每次走过,一样样看一遍

昨天我问房东吴火明
有没有一点地
有一分也不用买菜了
他沉下脸说,一点点也没有了
他如今在家里,坐收房租
江一村,已经失去了村庄的模样
自己不认识自己了
江一村,只有在夜深人静的时候
才会想起有土地的日子

夜已经深了

江一村的夜,已经深了
一个诗人在思考
一只狗在近处吠叫
一辆车轰轰开过去了

对面楼上的窗口
黑了,又亮了
在更远的高处
突然也亮了一下

老天爷的喘息声
遥远而沉闷
而江一村的夜
已经深了……

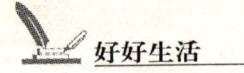 好好生活

滨江慧港

滨江慧港是一座科技园
灰色的建筑呈长方形
似乎没有任何表情
这让人想到：科技是有棱角的
不苟言笑不图虚名无固定色彩的东西
有一天，我指着门前的路问门卫
这是什么路？
大——马——路！
他呵呵一声

哦，好一条大马路！
他真不知道，通过一道门
再通过一道门，那里
"就是梦想与希冀的热土
就是现代知识营造宫殿的场所
就是思想解放的圣地
就是未来的篝火"
我这样引用描述或许还不够
我应该再补充一句：
在智慧的滔滔江河里
谁占领港湾
谁将拥有更多智慧！

东一路上

生活到了这儿

有一点点浅
有一点点绿
还有一点点亮活
仿佛生活也
想开了一点点

一群蚂蚁上树
两只鸟雀追逐
蝉鸣，让每一片叶子
都安静下来

生活到了这儿还不止这些
推三轮车的老清洁工
远远地走过来了
我一次次看见
面对生活，她深深
弯下腰去

今晚的月亮

今晚的月亮望着钱塘
她从大海的深处
就开始装扮自己了

今晚的月亮
保持着楚楚的模样
她已经完全长大了

今晚的月亮

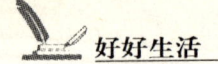 好好生活

从我窗口望进来时
差一点笑出声

今晚的月亮
把我想说的话
都写在自己脸上

注：2010年8月19日，在江南闻小女顺利产下千金，喜极而泣！想起双胞胎女儿随父母在边疆的岁月，感慨记之。

窗　口

两个窗口一前一后
也可以说一北一南
南窗亮起来的时候
北窗也亮起来了

两个窗口近在咫尺
碰巧望来望去的时候
彼此就会望见
对方的小动作

更多的时候，两个窗口
像两只没有心灵的眼睛
互不搭理，空洞洞地
相望着

一栋楼

一栋楼，长得真快

前天和我的视线一般高
今天就得仰视了

昨晚,我听见马达的嗡嗡声
铁与铁的撞击声
夹杂着含糊的喊话声

一栋楼,已经长成巨人了
不知围在铁网后面的人
工钱涨了没有

延安路

延安路,旧楼没倒下
新楼未起来
路障,吊车,脚手架
一样比一样更不入时

延安路,嘈嘈杂杂,乱哄哄的
风中奔走的人群与车辆
好像刚刚从解放区
赶过来

延安路,越走越窄
就要走不过去了
赶紧折转身
踏上湖滨路

钱江月

如果那是一只船
搁江边很久了
今晚,谁摇我过江?

如果那是一张脸
比大中华的脸
是不是,大一点点?

但我坚信那是一盏灯
在无人点燃的暗夜
一直亮在心头……

走到僻静处

走到僻静处
很想唱几句通俗歌曲
想了一程
想起忘情水

有人过来了
一路憋着
憋得有些气紧
很难受……

明　日

明日，得起早床
跟着黎明起
看看水，看看山
看看阳光怎样一步一韵

明日，得问问生病的人
你真该好起来了
明日之后
民工都要启程

明日，你如果还不懂时光的深浅
请在新的入口处，再从容些
请你不要把爱都说出来
保留一点含蓄吧！

登　山

驻足，喘息，揩汗
再伫立，再喘息，再揩汗
这短短的脚程
征服已成难事

当一再落在年轻朋友的后面
真想对着一座山
深深跪下去——
跪成一座山，一棵树

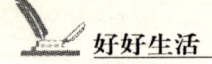 好好生活

抑或一株草

请原谅这个人吧
原谅他终于步入老境
原谅他对上坡路,不再感兴趣
他的目标就在脚下
走一步,算一步

天大的勇气
就这样被久久的攀登消磨殆尽
在任何一座山的面前
我们都应该低下
羞愧的头颅

我要到一公园去

跟着水,沿南山路往北
我要到一公园去
我迈开舒缓的步子,轻轻地走
走过苏堤向东坡致意
走过雷峰塔向白娘子致意
走过净寺长桥
我先向济公致意,再向梁祝致意
我这样边走边致意
一路走过清波门,六公园
等走到一公园时天色向晚
我也累了
望着远处的断桥白堤
望着更远处的保俶塔

我开始认真地想
到一公园
做什么呢？

约　饭

雨中相约吃饭去
举着伞，踏着泥泞
我从联庄走进又走出
走过飘散的炊烟
走进又一片雨雾
走向下一个站牌时
突然觉得像走过人世沧桑
走进遥远的童年

走到伟业路口，碰上你
雨一直下，越下越大
跟着你
终于走进一家小店……

丝绸街

你陪我去逛丝绸街
记得那是冬天的正午
转公交，再转公交，再一段步行
道路是曲折的
心情是愉悦的
我们从一家商铺转进另一家
边走边看，边看边比较

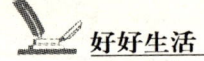 好好生活

长长的巷道一转身，天色已晚
我说我请你吃饭
你说你请我
菜是寻常菜，汤是清淡汤
轻轻地吃，慢慢地聊
有你陪着，无酒也微醺
我知道你有小梦想，小孤单
而我，在这个难得的黄昏
用半把丝绸般的阳光
温暖了异乡的
一段柔肠……

如 果

如果，带不走西子
带不走一排晚潮
带不走半轮新月
我，情愿什么也不要

我只要一缕风
一夜雨声
我要你，要
你这个朋友

秋风令

（一）

这是江南的风

如今也大大咧咧
少了几分意境
不像那时
那时像水乡的姑娘
半遮半掩，一步一韵

（二）

正走得急
身后一个沙沙的声音
紧紧撵上来
未及回头，它已在脚边
站住了

哦，一片刚刚坠落的黄叶
令我站在秋风里
一声失笑，一阵唏嘘

（三）

必须再等一季
你才会悄无声息
但此刻，你大张旗鼓一泻千里
你过万家，吹歪阳光吹短日子
吹醒土地上睡着了的人
你落在树上
惊飞一树熟透了的叶子
你，会不会
客死他乡？

鹏城随记（组诗）

百草园

百草园的夜很静很静
小路睡了，鸟儿睡了
每一棵草木，也睡了
只有路灯醒着，门卫醒着
天上的星星，醒着

夜风从阳台的门缝
使劲挤进来，像什么熟人
突然扑到眼前
不由忽地起身
想问候一声

百草园，沉浸在往事中
在这样的夜晚
我要像园里的一颗石头
默默沉下心来
多多思念
远方的人

稼先路上

稼先路上
奔走的人群
汇成一条河流
在清晨的微风中流淌

稼先路上
奔走的脚步
踩碎夕阳
把日子磨短,把青春磨光

稼先路很长,很长
不知有多少年轻的朋友
沿着这条路,走进华为
走上岗位走向全球
让人生的光华
在每一个新的高度
闪亮

工　卡

工卡就是证件
一根绳儿系在脖颈上
那是时间的锁链

工卡就是饭碗
紧紧贴在胸口

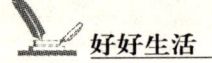 好好生活

就能觉出生活的温暖

工卡就是名分
早刷晨曦晚刷月光
每一天
都是一个新的起点

就　餐

一群人聚在一起
吃饭是最大的竞争

许多竞争有形
更多的竞争无形
排队选菜打卡找位置
最后坐下来进入关键环节

不能狼吞虎咽秋风扫落叶
昨日的烟雨迷蒙千般情结
需要一点点品味
也不能细嚼慢咽如数家珍
生活的酸甜苦辣几多艰辛
切莫凝聚在心头

吃饭是人生最大的修行
像出家人参禅
做不到完全素心
也要有七分静心

我和你

我和你，一起用完餐
一起出饭堂
一起走上居里夫人大道
然后，一南一北，进大门
越过门卫的视线
走向对面的楼房

我和你，以差不多相同的步速
一左一右，越走越急切
前面的小路越走越短
一左一右，两个互不相识的人
各自扫了对方一眼
就要走近同一门洞了
最后时刻，你突然拐弯
把一个幻想，丢在路的这一边

哦，人生路上
有多少近的远的熟悉的陌生的人
哪怕一同走过再长的路
总有分手的时候
而那些你舍不下的亲人战友和朋友
走着走着，就再也看不见了

车　　上

身边有人坐下了

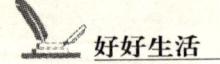

我希望坐下的
是你

摇晃中，你小眯
我想一个古老而普遍的问题
车子继续摇晃
你凤眼微启
我已想到更远处

远处，有一个新的希望
等着我
也等着你……

三　八

赶在三八到来之前
我和六个MM
吃了一桌菜
她们边吃边讲故事
我边吃边想：
我身在拈花一笑间
不必说，也不必问
不失态，也不贪得无厌
这么多的香与美
我的心，装得下
想起那谁谁的"座中有老沙场客"
我把一块牛肉嚼了又嚼
我这么边想边吃
不禁有几分陶醉……

两棵树

两棵树，抱在一起
窃窃私语
它们说些什么？

它们，越说抱得越紧
每一根枝条，每一片叶子
都交织在一起
一缕缕浓情蜜意
在微风中扶摇直上

你看！
春天，甚至草木
都深深恋爱着！

牛肉拉面

牛肉面走进西安
就像关中汉子，走进潼关

牛肉面走进杭州
就像刘姥姥，走进大观园

牛肉面走进深圳
就像村姑，走进东莞

家乡的牛肉拉面啊

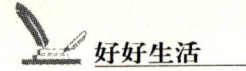
好好生活

你千万不要，走得更远……

低　调

大地是低的
大地托举着万物
江河是低的
江河承载着日夜奔走的浪涛
道路也是低的
所有的风景
都排列在
道路两旁

夜　雾

雾落山上
明天，成就谁的画笔？
雾落路上
低洼处，沁一层亮亮的水
雾落树上
微风吹过
落下零星滴答声，令人心软
雾落鸟身上
清冽冽的鸣叫
一声又一声
唤醒这个早晨……

车过梅林

车过梅林
一个棕发小巧的 MM
在身边坐下了
很像混血儿

我几次想偷拍
又不忍
直到她下车
闪进四季花城 ……

访谈断想

别惧怕往前走
我的朋友,别惧怕苍茫
回头时,那也是一道风景
哪怕走进谷地
也会遇上阳光

如果我能促你一夜绽放
那将照亮我剩余的前程
如果我能使你的时间慢下来
你该向生活,讨回多少青春啊

但我不能
我不能将你疲惫的身躯
拖进意象中的美妙境界
我不能阻止你磨短时光

我甚至不能做你
最好的倾听者
但我会躬下身子
为你系紧跑开了的鞋带

第二辑

军营岁月

第二編

平營茂民

着　装

着装是军人第一要务
是军人保持基本形象
迈步走向岗位走向阵列的
必备动作

着装就是着出战士的气势
在风雪中在暑天下
在每一寸驻守的土地上
昭示军绿的意义

着装就是着出严整的军容
着出铁质着出威武
亮一亮国家的尊严
长一长人民的志气

着装就是交出自己
把旗帜举过头顶
把使命担在肩上
让铮铮誓言
在生命中闪亮

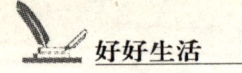 好好生活

我们相约探家去

我们相约探家去
四个兵,四条汉子
分头开始准备
从思想到物质,从夏季到秋季

心中先把边疆换成内地
再把军人换成儿子、兄弟
大脑的生物钟也得调整
把东六区调整为北京时

提包里装三听罐头两件衬衣
再装一份好心情
还得留足够空间
装半轮边关冷月

一路上四个人必须团结协作
住宿买饭看行李分工要严密
沿途的客站不是兵营
食宿是给跑在前面的人准备的

一路上七天汽车四天火车
穿戈壁跨天山行程差不多一万里

山洪车祸盗贼样样都得警惕
保不准就有突如其来的事情

我们相约探家去
在这个冬季到来之前
我们一定要走进关内
看见自己的娘亲

第二辑 军营岁月

班 长

从新兵蛋子的懵懂中
一年一年走来
从"一二一"炸响的号子里
一步一步走来

磨砺生命旅途
不踏个山摇地动
也要踢出一阵风

出列,站成一堵墙
跑步,是一粒义无反顾的子弹
电脑前排兵演阵
就是一员名副其实的统帅

军中之母
立在兵头将尾
身后十二杆枪
刷刷亮起准星

风暖星稀的夜晚
一曲"想家的时候"
令腾腾的龙虎,骤然沉静

人生有了当班长的经历
就有了一股呼呼的底气
再没有吃不下的苦
带不了的队伍

一个技术干部

他陷得很深
身心都已融入电脑
他成了电脑的一员

这个脾气有点古怪的人
思想并不复杂
没有多余的失意和烦恼
总搞不清楚
今天和明天

这个人爱沉默
但不至于沉默
常常找不回自我的表现
看不出有什么远大理想

这个从不提什么要求的人啊
正在被数字化
化作一个符号
在简单的生活情节里
被一天天
输入输出

兵味早餐

三个馒头，一盘榨菜
再一碗苞谷糊糊
这一天，就有了七分底数

这一天什么也不想
情愿流更多的汗
让皇粮长出的气力
凝练成青春的火焰
在宽广的生活里
燃烧

这一天，已经走得很远了
但我一直记着
此刻提起来
一股浓浓的兵味
仍挂嘴边

好好生活

想念一位战友

我在淅淅沥沥的雨声中
再一次想起你
我想起你,你不会知道
你离开太久了
不知道的事情很多很多
十五年过去,一棵树成材了
一茬人长大了,一个国家
经历了多少大悲大喜啊
这些,你都不知道
你不知道就不再牵挂
你应该安静

我在淅淅沥沥的雨声中
想着你,你不会知道
但,有一颗灵魂知道
我想着你,雨渐渐地大了
我渐渐老起来
而你依然年轻
你是边陲的儿女啊
你应该感到幸福

遥远的城

这座城市说出来
就感觉是遥远的
西域一样遥远
大海一样遥远

这座城市听起来
就感觉是年轻的
新兵蛋子买买提的年轻
将来像博格达老人
一样会老,现在年轻

这座城市的女性
多情而靓丽
五光十色的克西巴郎
连衣裙旋起阵阵春风
这座城市的男性
威武粗犷

关于这座城市
还需要补充一句
"水磨沟"的水是香妃洗过的
在夏日的高温下
透心透心的凉

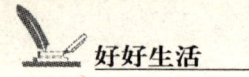 **好好生活**

买苹果

苹果都在树上
看园子的维吾尔族老乡说
自己上去摘
一公斤算你一毛

秋天就要过去了
我们必须储藏足够的苹果
好让我们的孩子
度过漫长的冬季

一树红红的苹果
就像乡村小姑娘的脸
我要挑那些站得最高
笑得最欢的

她们经受的风雨多
长着村民一样的心眼
我要待她们如秋天的孩子
让她们去感受军营的温暖

赶巴扎

让我告诉你
你最好坐一辆驴车去
要不然,你就赶不出味道
你就太 OUT 了

告诉你
要坐你就坐库尔班大叔的那一辆
他的驴顶着红簪缨
脖颈下面的铃铛
阳光一样鲜亮

告诉你
你得顺从库尔班大叔的克西巴郎
她会挑选一顶小花帽
戴在你的头上
腰间再挂一把英吉莎小刀
你就到巴扎逛去吧

还得告诉你
巴扎里的姑娘五彩缤纷

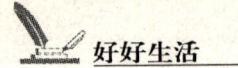 **好好生活**

个个都是摘葡萄的能手
你不要看花了眼
小心把你眼珠子摘走

注:巴扎,维吾尔语,指集贸市场。克西巴郎,指维吾尔族小姑娘。

达坂城

好长的风啊
我进疆那会儿
就呼呼吹过来

三十多年过去了
我再次经过这儿
还呼呼往前吹

吹什么呢？
达坂城，都给吹老了
可是，那首歌里的达坂城姑娘
仍不见老

好好生活

一场雪

一场雪骤然而至
让人毫无知觉
把什么都埋住了
孤烟，长河，春三月……

人老几辈　谁也没看见
云这么厚过
雪这么下过

雪很轻很轻
十里八乡几辈子的土坯屋
深深伏下了身子
感觉沉重的还有土地

这是1976年　一个时代就要过去了
老天爷用一场雪
清理出一片空白

被雪堵在屋里的人们想
等天暖了，雪化了
赶紧下地干活
从今以后，好好过日子

春 雨

雨,悄悄落下来
该湿的都湿了

我在感叹
东部来的人,却无动于衷

他们不知道西部的干旱啊
我哭了

第二辑 军营岁月

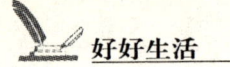 好好生活

一把老铁锹

这一把老铁锹
一瞧就是真正的铁锹
要不,怎么会老呢

这一把老铁锹
像我一样没有大出息
在土里沙里磨蹭了几十年
所有的棱角都磨圆了
谁见了都亲切

这一把老铁锹
在这座铁打的营盘里
把岁月的光亮
都写在了自己脸上

我们在戈壁滩上种树

我们在戈壁滩上种树
一人一天种一棵
就像一个女人
一年只生一个孩子

这都是一些苦根根的树种
小时候耐得酷热和严寒
长大后就能抵抗风沙
抵抗干旱

戈壁滩,都是石头
但比石头更坚硬
我们要刨开沉睡的岁月
唤醒生命的记忆

我们从早到晚窝在地上
磨损着钢铁的意志
最终深深俯下身子
匍匐在一堆石头面前

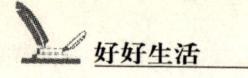 好好生活

　　我们向戈壁膜拜！
　　但愿它珍惜生命
　　在我们离去之后
　　善待我们的孩子

新疆杨

你问新疆杨是什么样子
我可以告诉你
新疆杨就是新疆的样子

让我补充一句
新疆的样子就是西部的样子
也就是阳光的样子
也就是粗犷男人和娇柔女人的样子

让我再补充一句吧
它们长在一个村庄
就绿成一片一片的
长在一座军营
就绿成一排一排的

如果长在路旁
那一定像列队的士兵
在久久的凝视和守望中
一直把头伸到天上

车过吐鲁番

冲进八百里火云
冲进铺天盖地的热情
谁都拥有足够的火气
这烈焰腾腾的盆地

在把我们蒸熟之前
吐鲁番的葡萄,早已熟透了
列车播音员沙哑着嗓音
正讲说火焰山的故事

你如果经历了这一场熬煎
就知道西域路上
步,怎么迈
汗,怎么流!

蹚干沟

拱破厚厚的黄尘
拱破远古的迷雾
车一阵喘息
人一阵喘息

一块青面獠牙的巨石
擦肩而过
人一声惊呼
车一声惊呼

在这样的大境界里
必须保持心平气静
那些心急火燎的车子
翻进沟里

战友在这条沟里
失去了年轻貌美的妻子
从此,他对天山
一肚子火气……

夜宿库尔勒

库尔勒客站,脏得厉害
掐死在墙上的臭虫
吸的是进疆士兵的血

库尔勒客站,冷得厉害
败絮的棉被
说不出的味

我到来时,已经没有饭菜
好歹弄来几个冷馒头
一小瓶辣子酱

我新婚的妻子
抽抽搭搭
流泪

很多年了
我一直怀恨
库尔勒客站

渴饮三岔口

张骞走到这里
喊了一声
水!

班超走到这里
喊了一声
水!

左宗棠的骑兵部队
需要大量的水
他绕开了

我走到这里时
老炊事员说
水是做饭用的
不是喝的

想喝水
牵那匹老马去拉
在四十里外

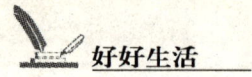 好好生活

走进伽师城

伽师百姓倾城而出
站在风雪中
站成一座新城
迎接亲人解放军

磨破脚板的我们
迈开铿锵的步子
把汗水与泪水
洒满伽师城

数十年过去了
伽师城的锣鼓声
和呼唤声
一直响在心头

说起托克逊

说起托克逊
就想起烈日下尘飞的半条街
街边孤零零的一家饭馆
饭馆里一盘很粗的拉面
还有半碗酸溜溜的醋
散发出一股中原味道

这么好的食品
能走出盆地就好了

这是那时候的想法
如今，已经创出牌子了
名字叫"托克逊拌面"
"拌面"老早走出新疆了
"托克逊"这个怯怯的名字
才到乌鲁木齐
就住下不走了
至今无人知晓

回喀什

五年过去了
喀什噶尔
一直走不出梦境

梦里一叶绿洲风中飘
一辆马车在奔跑
一个阳光下的巴郎
嗨嗨地笑

梦里一座军营在歌唱
一颗按捺不住的心
扑通扑通地跳

今天,我要让士兵同志们瞧瞧
让那棵高高在上的
老白杨　瞧瞧

一个走不出喀什噶尔的老兵
眼界和心眼
多么多么的小

小　城

绿风吹过来
月季花就要开了

夏马勒巴格乡的农民
说富就富起来了
一溜眼的高楼深巷
一座门庭一首歌

我喜爱的阿依古丽
已经嫁人了

这座小城
不再喃喃自语了
30多米宽的"昆仑大道"
承载着昆仑一样的气势
两行高高的臂灯
一直亮到天际

天际，一颗星星
正从夜的深处
俯瞰小城

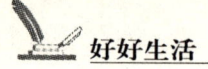 好好生活

麻 书 记

麻书记不姓麻
只因长了一脸麻子

麻书记是一位老党员
带领"小康农场"奔小康

30多年过去了
农场跟麻书记都奔老了

麻书记不当书记的时候
在城郊盖起了自家小楼房

这些年,人们渐渐忘了农场
只记得麻书记

麻书记如今是一名大阿訇
口念经文,十里八乡常有人请

麻书记和我交谈时说了一句话
一句话,总结了他的一生

"前半辈子相信党

后半辈子……

都是胡达的事情"
他的语气很坚定

第二辑 军营岁月

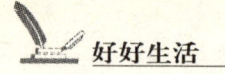 好好生活

塔什库尔干古石头城

城堡,高高在上
一个离太阳最近的国家
被大风吹碎

此刻,我们和石头对视
谁也不抢先发言
打破沉寂,哪怕落下一根针
都可能惊走高原的记忆

残缺的炮台似在诉说
断壁上的弹孔　像干枯的眼睛
向苍茫处凝望

山鹰在高处盘旋
马群在草地上撒欢
塔什库尔干河水
亮成一条彩色的缎带

有人在城垣上翻动
企图拣出一段故事
我把一块石头悄悄揣进怀里
那是一张　高原打磨过的脸

那 夜

那夜，月光如寒冷的诗句
霜花一般
洒落全身

那夜，我在吐曼河无人的岸边
听一波三折的河水
倾诉心声

吐曼河像一张窄窄的床
让一位年轻的戍边者
在举头低头之间
思念故乡

对岸，羊皮鼓敲响
热瓦甫荡起的旋律
如高原吹来的风
一阵紧似一阵……

今夜，隔着数十个春秋
我遥遥地怀想
我还牢牢地记得
那通向河边的小路……

西去的路

西部有多大
路就有多宽
大路朝天
要走你走半边

西部有多老
路就有多长
你需要背负
一生的勇气和力量

迈开英雄的脚步
且莫长吁短叹
当心惊醒路边古人
发一声隔世的呼喊

胡　杨

要活，就火焰般地活着
燃烧一千年
让生命的阳光
把荒漠照亮

要站，就掀天踔地地站着
呐喊一千年
是英雄的血脉
就贲张在疆场

要倒，就倒在下一个秋天
横卧一千年
任西风烈烈
我是胡杨！

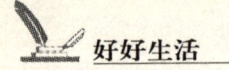

"伊力老窖"

大风吹
大风关里关外地吹
大风吹啊
吹不败肖尔布拉克
整眼整眼的泉水
临风把盏
谁,一杯复一杯?
谁把半生的好年华
酿成如此浓烈的味
西域不会醉
大戈壁不会醉
来年长安去
雨里重说今日
与尔等
醉一回!

军营歌声

一阵歌声响过
偌大的营院沉寂下来
就像收获后的田野
凸现出空旷和冷落

每年的这个时候
天下军营仿佛上演一出
千载别离的苦戏
让无数男儿的眼泪
滚落下来

但,军营是血色的
在最后的大雪到来时
必定重新燃起
熊熊的青春之火

好好生活

谁家的军嫂

谁家的军嫂
拉着小女,奔奔跳跳
一会儿斗嘴,一会儿
咯咯地笑

谁家的军嫂,一大早
脸颊上,两片红云飘
昨天,孩子她爸
探亲来了

谁家的军嫂,谁家的女儿
等过几天他一走
就好好忙碌
再也顾不上,哭和笑

走桥南（四首）

老房子

老房子都空了
依然以阵列的形式
站在山前
它们要站到几时？

它们，站成了大山的一部分
不再军号声声欢歌笑语
岁月在沉寂中渐渐死去
偶尔有脚步声响起
老房子，就敞开一扇门
或亮起一叶窗
看看是不是老主人
又回来了

它们不知道
一些老主人
已经不在了

山前的路

一座军营沉寂下来后
一条山路老得很快

路面像老人的脸
已经不再平整光亮
路的那一头
隐在深深的迷雾中

记得第一回走,很迷惘
走得次数多了
才知道这条路
一头牵系着无数颗心灵
一头连着天际

几十年过去了
今日再走一遭
我格外小心
我怕踩疼
一路的星光

范师傅

范师傅是一名老职工
他的名字叫增福
如果福分像年龄一样增长
范师傅的老屋子

都快装不下了

范师傅已记不清有多少官兵
吃过他做的饭
他只记得这辈子
就干了一件事
范师傅做饭做老了

在这个偌大的营院里
已经没有几个人再认识他
范师傅有时低着头想
我啥时变成了陌生人

如今，范师傅和他的老伴
还有他们的老屋子
还有屋前的一棵树
一天比一天
更老

一座旱塬

一座旱塬压得一条路
弯了十八弯
最终匍匐在地
拼命往上盘

一座旱塬
真沉！

一座旱塬
盛着一条岭
盛着一片天

重要的是，一座旱塬
盛着土地，村庄
和一塬的黎民百姓

十 月

十月，大地熟了
星河满潮

一个千年的约会
自远古走来
一艘"神舟"号飞船
从大漠拔锚出航

十月
一个中国人走进太空
一面五星红旗
飘扬在苍穹上

十月的航天人
喜悦在血管里激荡
十月的华夏子孙
热泪哗啦啦地淌

一个寥廓高远的十月
一个星光满地的十月
千年一笑的十月
共和国的十月啊……

回眸十月

回眸十月
回眸一个民族遥远的梦
我们向先民们致敬
向补天的女娲奔月的嫦娥致敬
向仰首问天的屈原、东坡致敬
向冷落洞窟已久的"飞天"致敬
向背负火箭奋力一搏的万户致敬

回眸十月
回眸漫漫登天旅程
我们向浩瀚的太空致敬
向太空中辉煌的星群致敬
向融入星群的"神舟"致敬
向航天英雄杨利伟和他的团队致敬
向吃苦攻关奉献智慧的航天人致敬

回眸十月
回眸二零零三年的十月
我们向腾飞的共和国致敬
我们让十月的幸福与激情
让一个民族千年的笑
温暖一代又一代
子孙的心

卫星回收纪事（组诗）

题记：人造卫星与宇宙飞船返回地球是人类开展航天活动的关键技术之一。

目前，世界上只有美国、俄罗斯和中国三个国家，完全掌握了卫星与飞船的回收技术。

立在农家小院的碑

天上落下一颗星星
意外地撞坏房屋一角
房屋的主人是一位农民
他保留着房屋被撞的原貌
并在房前立了一块小小的石碑
碑文是：某年某月某日
中国一颗卫星的降落点
从此，一户农家小院
日夜奏响天籁之音

这是世界航天史上
绝无仅有的一个小故事
当我这样叙述的时候
一再产生想去看看的冲动
在一场非同凡响的经历之后

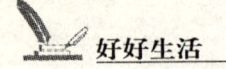

或许小院更加宁静
终年飘着五谷的清香

而主人心灵的天空上
定然亮着一颗星星的光芒
但愿多年以后
这位农民所立的石碑
连同他的名字,一同走进
中国航天博物馆

从遂宁到资阳

从遂宁到资阳180公里
一位士兵奉命驾车开进
他必须冒着这场秋雨
赶在卫星返回之前到达新的阵地

一路上,他跑得很慢很小心
17米长的装备车太重要也太沉重了
责任扛在肩头,车轮像辗在心上
手中的方向盘一再告诫他
百分之百的把握需要百分之二百的努力

一路上,他跑得很热很吃力
发高烧多日的身体太虚弱了
但他没有时间喊出周身的疼痛
他必须不断为自己加油
他想,只要车子不停下来
今夜,跑不出这场秋雨

一定会跑到阵地

十五个小时过去了
前面一片灯火阑珊
他冲着亮光大声呼喊——
资阳，资阳，资阳到了！

那个兵，站在草原上

夜很静，风已经凉了，站在草原上的那个兵
还没有离去的意思
他痴痴地望着夜空，像寻找什么人
点点滴滴的星辉，落下来，似喃喃的细语
他的目光从北往南慢慢移动
北极，北斗，牛郎，织女……
这些无数人都熟悉的星星，那么亲切
远远地望着他，让他一阵羞怯
现在，他沿银河东岸往南望下去
在天地的混沌处，再次停顿下来
那里已经望不见什么了
但，在他心里，那里还有一豆光
哦 那里一定有一盏灯
一直亮着……

操作手"皮蓬"

其实"皮蓬"是他在篮球场上的名字
他在生活中的名字叫"晓鹏"
他在操作台上的名字叫"捕星手"

他的具体岗位，这么说吧
他要操纵雷达天线跟着卫星旋转
这听起来就比较简单了
战友们私下说他胆大，是"捕星高手"
其实，他自己觉得挺胆小的
他每次握操纵杆，紧张得手心直冒汗
冒汗就可能打滑，打滑就很危险
这种危险是能不能捕捉住卫星的危险
是知道不知道卫星落在哪儿的危险
他想了许久，终于想出一个办法
他在手心里攥一团卫生纸
这就稳妥多了，但他还是紧张
他不敢眨眼，怕眨眼之间卫星飞走
他咬紧嘴唇，怕那颗跳在嗓子眼的心
跟着一口大气，突然蹦出来

搜救队员

在航天测控的大军中
我们是唯一能够登台亮相的人
我们是搜救队员，是你在电视上看见
背手站立在杨利伟费俊龙翟志刚他们身后的那几位
我们的举止有目共睹，如果要说
我们不说风雪千里行军
不说阵地千百次演练
我们也不说摸爬滚打身上蜕皮晕机呕吐
等等琐碎事
我们甩开镜头外面的人和事不说
就说我们几位的精彩亮相

你看见降落在草原上的飞船返回舱了吧
接下来,我们出场了
我们的速度难以想象
我们用两分钟建立警戒,两分钟打开舱门
再两分钟协助航天员出舱
面对摄像机坐好
然后就把严肃和庄重镶嵌在笑脸的背景中
其实这些也不用说,你一定也看见了
我们说点感受吧
我们与神舟飞船零距离接触
这感受你是理解的
我们为航天员搜索救援
这感受你也是理解的
你还应该理解
我们离鲜花掌声很近很近,近在咫尺
以致很多年以后,只要想起来
就沉浸在抑制不住的幸福中

草原上那条路

草原上那条路,连着两个地名——
大庙和四子王旗
连着两个群体——
一支队伍和一方百姓
连着两个领域——
一片天空和一块陆地

那条路是当地百姓为部队修建的
也可以说是为飞船回收修建的

好好生活

也可以说是为中国航天修建的
那条路的名字叫"神舟路"

那条路,从空中看像一条缎带
牵系着草原与草原的心结
那条路,从远处看像一条河流
流淌着一浪接一浪的星光

"吹雪"

我不懂"吹雪"的意思
你解释说,那是荒原上的一种雪景
你想想,一夜大雪,覆盖了一切
路埋在雪里,雪地上跑着风和我们
风把四周的雪一再卷起又抛下来
我们像飘在风雪的海洋中

这时候,前方来人救援我们
他们的脑袋好像从雾中忽忽飘过来
他们的身子好半天都看不见
我们经历过很多场雪
这是最好看最有意思的雪景

你这样向我讲述的时候
抑制不住自己的情绪
几回都嘿嘿笑出声来
像是在说一场梦

伊拉克战事（组诗）

题记：
多谢命运的宠爱和诅咒
我已不知道我是谁
我不知道我是天使还是魔鬼
是强大还是弱小
是英雄还是无赖
如果你以人类的名义把我毁灭
我只会无奈地叩谢命运的眷顾
　　——巴比伦花园砖墙上的诗句

"双子河"落日

2003年3月22日，"双子河"畔的落日血红血红，一架F型战机从落日正中掠过，溅起一片火光……

像穆斯林少妇
被撕下面纱的脸
燃起腾腾火焰

像阿拉伯老人
哀伤疼痛的心
鲜血淋淋

像一个世界回光返照
就要在一声长啸中
轰然坍塌

注：双子河指伊拉克境内的幼发拉底河和底格里斯河。

兵车行

兵车，在希贾拉沙漠上行进
就像一条蛇
在温热的大地上蠕动
远远望去，蛇尾颤动
蛇头高高扬起

一群赶路的骆驼
慌乱中改变方向
一只跑出村落的狗
闪在路边，停止吠叫

兵车开过来了
就像一条蛇，吐着信子
呼呼窜过去了

前方就是"双子河"
河里流淌着
殷殷的血……

弹雨下的哭喊

一声哭喊,像一道闪电
撕开黑夜
流出殷红的血

这暴雨般的哭喊
声声追赶着
走向天堂的灵魂

这是人间的哭喊
抚不平大地
千疮百孔的痛

这是孩子的哭喊啊
全世界都听见了
只有上帝,保持沉默!

巴格达的鸽子

一座楼被撕裂
火光中
一只鸽子
突然冲向天空

一粒血滴
裂碎
巴格达的灵魂

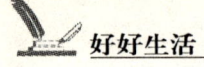 好好生活

在半空徘徊

我不禁喝问:
你是不是
诺亚放飞的
那一只?

丢失橄榄枝的你
今夜
栖身何处?

归　来

好多天了
多佛阴沉沉的
哭丧着脸

一队士兵,簇拥着
走下C-2运输机
一群亡灵
归家了!

哦,大地安宁
故乡安宁
没有火
也没有血

也没有热烈的
夹道相迎

只有黄丝带,在风里
飘啊飘

哦,我们死了
有家归不得了
天经地义啊
我们是士兵!

我们把战争
送到万里之遥
我们把哭泣
留给亲人

我们是士兵啊……

注:多佛,在美国特拉华州,是美空军基地所在地。对伊战争中,美、英参战士兵的家属把黄丝带系在树枝或建筑物上,用以祈求儿女从战场上平安归来。

联合国

一场又一场争吵
之后,通过一个决议
又通过一个决议
就等收拾
烂摊子了

联合国,像上帝
真正需要的时候
没有人知道

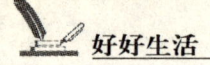
好好生活

它在哪里
它会站在哪一边？

有人扔炸弹
就跟在后面
搞救援
联合国很人道
不掌管战争

布利克斯叹了口气：
"我想回家
陪太太
休息去。"

注：布利克斯，瑞典人，时任联合国监核会主席。在美英对伊拉克发动战争前，有媒体说：布利克斯掌管着战争与和平。

这场战争

这场战争
突然结束了
结束得真快
因为，一个国家
灭亡很快
这真是天大的意外

这场战争
阵亡的士兵不多
很意外，死去的平民太多
也很意外，仗打完了找不到证据

很意外，仗打完了还天天死人
也很意外
只有一点在意料之中
侵略者获胜！
接下来，一个民族
一步步走向苦难
这一点，甚至巴格达的瞎子
都明明白白
有人却很意外

第二辑　军营岁月

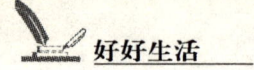 好好生活

你一说那个地方

你一说那个地方
我就想起那棵苦苦守望的白杨
它不能像我这样
说走就走啊

你一说那个地方
我就想起那条淌着阳光的河流
它带着生命带着梦想
一直走进荒漠深处

你一说那个地方
我就想起那片飘在高原的云朵
云朵下那座绿色的军营
不知认不认识变老的我

旧军装

翻着翻着
翻出一件旧军装
一块不大不小的补丁
令人大为惊异

那补丁的深处
一定埋着一个生活的漏洞
埋着年轻士兵的一声呼喊
细密的针脚熟悉而亲切
仿佛还牵系着
某个暖暖的春天

如今，有人专买带漏洞的裤子
而把补丁打在电脑里
场面上再也见不着了
我得留着这一块
让它在岁月的深处
去沉思

好好生活

战友之间

战友都有共同的使命
不为一杆枪
就为一面旗

战友总要别离
没有更多选择余地
分手时，有人挥泪
有人大笑，有人沉默不语
也有人一别，再无消息

战友总会相聚
或许数十年已过去
重聚首，有人拥抱，有人大醉
还有人吟唱，一曲又一曲

战友之间
我是你的一杯酒
你是他的一盏茶
有时，话很多很多
有时，什么也不用说

东太平洋上

2008 年 3 月 21 日 11 点 26 分
在东太平洋上
美国人放了一个"大焰火"——
用"标准-3"导弹
把一颗不听话的带毒卫星
一弹击得粉碎
让它罪有应得,烟消云散
死无葬身之地

全世界都见证了这一过程
见证了一位间谍,怎样被公开处决
舆论像飘散在太空的碎屑一样
沸沸扬扬

在看完美国人的表演之后
人们渐渐冷静下来
开始为自家的卫星担忧
开始为整个太空担忧

人们担忧有充足的理由
美国的总统能够发动战争
一任总统至少打一场

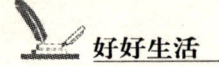 好好生活

美国的军队一年可以打五场
这样的频率令地球惊恐不安
而太空很大，大有用武之地

我们应该向联合国强烈呼吁：
在太空立一块牌子
再深深地刻下一行字：
禁止在这里配备武器！

人类应该铸铁为犁
让太空保持太平
不要把她变成
新的坟地

第三辑

西部情怀

冬季，我深深北望

冬季，千家暖暖相聚
独立长安城外
我深深北望
望不见历史的那一头

大雪纷飞
北方的那条大河
不再长啸
北方的长城
在雪里暖暖地睡了

大雪里
古老的原野上
有腾腾的热气
从地底往上冒

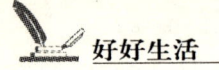

五 哥

五哥进城了
村上人说
他是有福人
"人"字翘得很高

三个月后
五哥回来了
村上人说
放着舒坦日子不过
图啥呢

五哥说
那也叫过日子?
整天慌慌张张
看得人心焦

他兄弟说
那叫生活快节奏
五哥说
拉屎尿尿都没个痛快时候

把人活活能憋死

我听了五哥遭的罪
为他难受了很久
直到他过世

第三辑　西部情怀

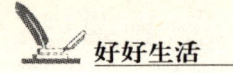 好好生活

父亲的春天

驴低着头
一趟一趟走着
这时候不走
啥时候走呢

使唤驴的人
边走边想一个老问题

驴再次走到地头的时候
他刚好想到年尾的一场雪
每一个细节都深思熟虑
包括前脚的驴

使唤驴的人是我的父亲
他唯一没有想到
他会早早离开自己的季节
也包括驴……

苦 菜

父亲喊我背上背斗
拿上铲子
跟他走

一走上山路
父亲叫我走前头
我们保持一前一后
各想各的心思

走上一道梁
翻过一个岘口
很快寻见一块地
地里长满了苦苣
……

这一年,我六岁或者七岁
母亲把苦苣浥进菜缸里
一家人吃了
一个春天

注:苦苣(qǔ),一种苦菜。

好好生活

300 元真有些少

老家打电话过来
告诉我一个手机号码
说是"会长"有事要商量
我知道村子里的"会长"
就是村庙的主持
如今都用上手机了
真是可喜的现象
而我一向与村庙很少往来
"会长"说,情况你不了解
咱这土山常驻的"方神"多
庙宇不扩建是不行了
神说了,你们收入多些
万把块儿的不嫌多
被这么高抬,我着实意外
几番思考,寄出 300 元
这钱真不多
只是我月薪的一小点
当年有个叫李清霖的教师
给毛主席写信诉苦
老人家说:寄上 300 元
略补无米之炊
那时,老人家月薪就 400 来元

这么一对比
就觉得自己做得很不够
"会长"再没有吭过气
这让我越想越觉得
欠了神的账

第三辑 西部情怀

好好生活

大 哥

五一就要到了,我得打个电话
问候问候家乡的大哥
大哥的经历在我们家比较特殊
先务农,后当骑兵,再当工人阶级
最后带着全家人下岗,未老先退
这样一位集工农兵于一身的国家主人
如今已经失去了劳动者的身份
在国际劳动节来临的时候
除了我,没有人向他表示祝贺
我要宽慰几句:
有一块土地没有忘记你
有一匹战马没有忘记你
有一颗螺丝钉也没有忘记你
忘记的是你自己
我相信他已理解,并以劳动者的名义
想起远离的工厂、军营和村庄
从今往后,不再忘记自己

西 山

麻麻的西山
一条涧沟
两个羊倌
面对面，谝闲传
谝到那一年
一个端烟袋
一个摸火镰

我打沟中过
接住一个话头
日上三竿
接住另一个话尾
已经黄昏

好好生活

长辈们

我的长辈们
都是扛着太阳赶路的人
他们把时间的阴影
深深嵌入一方土地

长辈们都有一张
蒙古民族的面孔
近看是老英雄
远看像一段树桩

长辈们有很高的心境
打小教育后代说:
"吃得苦中苦
方为人上人"

现在,这些土地的主人
都在土里安静地睡了
梦中都觉得晚年享了福
苦得很值得

他们做梦都不知道
世上有许多人
生来就不曾吃什么苦
一样做人上人

冬 夜

远处，有驴在叫
像赶夜路的人吼响秦腔
一声高上去
一声跌下来

朦胧中
以为是军营的起床号
又在风中吹响

不知谁家的牲口
醒得比人还早
草料一定没有了
就那么干站着

村庄太冷了
它想喊来
迟到的春天

老 八

老八说他儿子当兵去
我说好事么
但他说他的确花了一千多元
我说为啥呢
他说因为有熟人
还有花了四五千元
到了也没走成的
我很纳闷
他有些吃惊：
你咋兵当老了
啥也不知道了
我真不知道该说啥了
他末了亮起嗓门说
我儿若坐了县长
我这辈子就当驴
也成

母 亲

母亲说,你多吃菜
脸色就活泛了
母亲又说,我啥也不缺
不用你操心
母亲还说了些什么
都忘了
只记得临出门时
她又叮嘱一句
你要把我看勤些呢
我明白母亲的意思
却没说出一句话

母亲啊,从小到大
我一直活在您的念叨里
您的念叨真长啊
哪怕走到天边
也能把儿拽回来

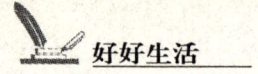 好好生活

送别母亲

送母亲走那一年,正是寒冬
夜风能吹落星星
村子被吹得七零八落
一股无家可归的感觉
真冷啊!

我双膝跪倒时
皮肉硬生生被磕破
钻心钻心地疼
我知道,这是报应!

我离开母亲太久了
村子不答应
一方土地不答应啊
直到我离开村庄
伤口都没有愈合

至今想起来,无以言说
心里一阵比一阵
疼……

南风吹过来

南风吹过来
一阵接一阵

吹过小路,吹上山峁
像在追赶什么事情

院子里,雨腥腥的香
人的心,已经湿了

门前的那口水窖
睁大了渴望的眼睛

好好生活

一片黄叶落了

一片黄叶落了
一个人，悄悄走了
没留下一声叹息
这人是我的叔伯长兄

念及长兄兴许就因为一件事
那年跟他给生产队打磨地
他数落了我半早上
他把土地说不出来的话
都说出来了

歇晌的时候
我拿出白馍给他吃
他大口嚼着自家的黑馍说
不要！
后半晌，他断断续续吆喝着牲口
我磨着磨着，真想学着驴子
使劲吼上一声

如今想起来，我那时磨过的地
疙疙瘩瘩，弯弯曲曲
就像这半生，走过的路

黄　土

哦，黄土！
比阳光更厚更沉
纵使天上掉下一颗星星
也找不见踪影

金子般的黄土
都是祖宗留下的家业
根脉所系啊
活着，就有充足的理由

活着，怎么用得了
这么厚的黄土？

第三辑　西部情怀

好好生活

上 坟

我敬上三炷香
再点燃纸钱
二哥一边奠酒一边念叨:
老三看您来了
他路远,不能说来就来
怪您走得急
这回一总补上了
可别参念啊
您一参念,一场病

末了,二哥问我
老三还有啥说的
我知道自己不孝
在父亲面前
说不出一句话来
憋了半天
把一颗泪滴
摔碎在父亲坟前……

纸　钱

火光映着我们的脸
我们的父母
不知可曾看见?

这些百元千元的大钞
我们托春风送去
够你们花销一年

一辈子做你们的儿女
一辈子让你们惦念
今天，隔着遥远的距离
我们把孝心点燃

真的，在广大的夜幕下
那只是极其微小的
一点点火焰
还来不及照亮我们变老的容颜
就已在寒风中
飘散……

好好生活

东山坡

炊烟爬上坡
太阳冒花花

老树躬着背
两只鸡,跳上跳下

走来七只羊
边走边嚼阳光

坡头有个人
往坡下一瞅再瞅

拉砂的车子
在厚厚的尘土中挣扎

把土路,碾得
叫苦连天!

老窑洞

窑门紧锁
满窑洞童年事
再也拣不出来

透过门缝瞅进去
最里面那个红泥巴台台
还闪着母亲手掌的亮光
泥台台上那只老粗碗
泡着满满一碗糜面甜馍馍
那是母亲为犁地的父亲准备的
碗里漂着几粒红红的小果果
那是叽叽喳喳的麻雀
从窑洞头顶的枸刺上弹下来的
我趴在地上一粒粒拣起来
每次母亲总要赞许一句
好娃娃!

如今,枸刺没有了
麻雀也散了
空空的院落在静寂中沉睡

好好生活

站在窑洞门前
西边山头的太阳
斜斜地照过来
照得我好一阵子
睁不开眼睛……

栽一棵树

我叮嘱侄儿
千万在母亲坟旁
栽一棵树
让她冬天避避风寒
夏天也有一块荫凉
让她有个伴　好说说
一辈子的愁肠

黄土厚啊
谁知道她今后过得怎么样
栽一棵树
我离得再远
也能看见母亲
歇息的地方

栽一棵树
就算立了一块碑
等树长大了
一树的叶子
就和碑文一样
一阵风来
母亲就能听见
儿孙们的颂扬

去看一个病人

傍晚的风很冷
我去看一个人
这人是我童年的伙伴
我们是生产队最小的劳力
放驴、割草、拔麦、撵麻雀、护糜子
我干着干着就不干了

这个人干到分田地、生孩子、盖上房
再静静躺在上房的土炕上
任钻心的疼痛从骨髓里
一阵阵地沁出来

这个人还不满六十岁
就已经把人活到了最难处
他亮开嗓门使劲叫我一声哥
我使劲摁住了自己颤抖的心

一个农家的台柱子眼看就要摧折
这真是撵上了一个天大的不幸
这个人出远门是迟早的事情
我很想注视他远行的方向

走进阴霾的夜色
一颗星星在暗处闪烁
冰冷冰冷
不由打个寒噤

第三辑　西部情怀

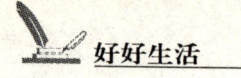 好好生活

弟兄之间

进门时二哥拉着我的手
出门时我拉着二哥的手
我们都想表达相同的意思
就像陈云林拉着江丙坤的手

老辈子人总说
弟兄都是前世仇人
这辈子遇到一起
就有理不清的旧账
扯不完的短长

弟兄们一分手
见一面少一面
能珍惜多少
就珍惜多少吧!

第四辑

途中拾零

把祖国装在心里

对于祖国,我没有更多的话好说
就像面对母亲,总说不出什么
我只把祖国装在心里

我装着祖国的一座山
一条江,江边的土地以及
土地上飘扬的歌声

我装着祖国的海疆
海面的渔帆
巨轮、战舰以及
飞溅的一朵浪花

我装着祖国的长天
天上的白云,云外的日月以及
一颗飞翔的星星

哦,此刻,我的心多么广大
装着祖国的屈辱与苦难
骄傲与辉煌
我还装着祖国的人民
装着祖国的昨天、今天与明天

好好生活

人在病中

人在病中,再大的野心
也慢慢安静下来
那些平日里从不去想的事情
这时候一件一件,想起来了
丢开平日里做着的事情
丢下多余的打算
哪怕丢下再大的念想
也情愿找回健康

人在病中
脆弱的本性暴露无遗
纵使可以怒发冲冠
这时候哆嗦着,英雄气短
有时门外的一个响动
会使心里突然一惊
一阵轻风吹来
也不由打个趔趄

人在病中
一定回归自然属性
不再虚妄、贪婪、追名逐利
也不再颐指气使,炫耀什么

只愿意平安地活着
那些知道自己大限的人
一定也会反省自己
哪些对哪些错
心里清清楚楚，就不说出来
只告诉后辈应该如何如何
当然，也有人到底什么也不说
那也是人家的一种交代

第四辑　途中拾零

好好生活

江 阴

江阴在雾里
"远望号"在雾里
一江风景
在我的心里

站在江尾海头
望不见海的尾
躬问"远望人"
大海,有尾吗?

大雾淹死了一条江
淹不死江中汹涌的水
汽笛一声
贯半壁山河

人物知多少
江南江北
尽在苍茫中

注:"远望号"是我国海上航天测量船,停泊在江阴港口。

在江南看十五的月亮

月亮是个死寂的星球
但她一直活着

地球上有多少人
就有多少鲜活的月亮

抬头天上一个月亮
低头水中一个月亮
独酌对面一个月亮
酣眠床头一个月亮

东边的月亮朦胧恬静
西部的月亮苍凉高远
北方的月亮带些冷意
南国的月亮水灵灵的
浅浅瞄一眼
就能遇见那位中国姑娘
深情的目光

无锡小灵山

一片大水
一座小灵山
一个江南姑娘
笑得真甜

一尊大佛
一串若隐若现的故事
让许多烦忧的人
一时释然

我是个例外
我把多余的烦恼
洒落路途
免得污了
佛的净土

走到天涯海角处

走到这里
也就是走到了地的尽头
崖壁上刻着陈哲的"天涯"二字
而天边,就在眼前的不远处

走到这里
也就是走到了海的边缘
比"天涯"高出一点的"海角"二字
郭老疑是东坡所写
导游说无人知晓
这是考证者的一个死角

我总觉得,走到这里
也就是走到了无限广阔处
"南天一柱"撑起的半片天
正向海上展开
往南远远望过去
海天,比世人的心
更加了无边际

好好生活

学 走 路

路过一片草坪
一位年轻母亲
教女儿学走路
她教她先认左脚和右脚
再教她出左脚抬右脚

她的教法真让人感动
我尝试了一下
却走不成路

学会自己走路，挺难的
但，走着走着
也就会了

"喊叫水"

在大西南，有几个地名
已经存在很久了，它们是
水塘村，江底镇，水城县，六盘水市
它们一个比一个
水更多，更大

当我写下这些句子的时候
它们依然叫
六盘水市，水城县，江底镇，水塘村
但，它们一个比一个
水更少，更小
少至干涸，小到虚无……

它们相距很远，属于两个省份
但，眼下却拥有一个相同的名字——
喊叫水！

注：宁夏固原地区有一个村子，名叫"喊叫水"。
2010年，西南五省市遭遇百年一遇的大旱，持续时间长，危害性大。上述地方均干旱无水。

贵阳印象

一走进贵阳
我就想起那年的一场冰雪
多寒冷的冰雪啊
悄无声息，阳光也被冻僵
如今三年过去，贵阳人已经忘记
城里城外响着一首歌
远去了惆怅，爽爽的贵阳

一走进贵阳
我就想起西南的大旱
六盘水干涸了
黄果树瀑布变成了涓涓溪流
夜晚蓄水，白天放给游人观看
只有南明河，像一首抒情小诗
静静地流向远方

一走进贵阳
我就想起"避暑之都"的美称
这座高原腹部的"林城"
其实只是一棵大树
为南来北往跋山涉水的人
撒下一片阴凉

走进贵阳,我还想起息烽、遵义
夜郎国、黔之驴、原生态、茅台酒等等
想起这块土地上许多独特的东西
我就觉得贵阳很好
贵州,活得真坚强

第四辑　途中拾零

好好生活

露　脸

普通人很体面地
露一次脸
就可以让许多人
很快认识你　许多人
很快又将你遗忘
正像我们自己
不断忘记许多人

仔细一想
人这一辈子
能够记住
并且需要记住的人
的确不多　更何况
我们把不少工夫
花在了死人身上

梧桐叶

晚风吹起
你把岁月的光芒
高高举起

你想起年轻时的任性
绿生生的大手
曾经攥着大把大把的阳光

现在,该放弃了
放弃一片天空
让后来者,在春风里
放开胆子长

而你 ,做一叶小舟
随波逐流
或者,做一张残稿
在风中飘荡……

雪

雪落树上
一朵花笑
千万朵花,都笑了

雪落山顶
一位长者
远远的,伫望人间

雪落原野
清理出新的世界
承载天地忧愁

雪落心头
几分期许几分寒凉
想起一个人,那是你……

雾里上八达岭

踩不着雾
就踩着自己的回声
亦步亦趋
攀上八达岭

站在历史的高处
放眼长城内外
白茫茫一无所有
而身边站着一群好汉

好汉最容易被埋没
不埋在大自然
就埋在另一些人
眼里

低下头来
所谓江山
不过是脚下三五块
陈旧的砖石

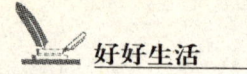 好好生活

雁荡山

雁荡山,你不是凭空而来
你在母亲腹中孕育了一亿年

雁荡山,你捧出名字还不够
你必须捧出灵峰灵岩
你捧出城嶂还不够
你必须捧出仙人洞以及大小龙湫

雁荡山,你纵使开启一千重门都不够
你必须捧出你赤裸的灵魂
那些在夜幕下游荡的一个个幻影
那些久久留在记忆中的想象
……

这就是我们为什么要
看一看雁荡山的理由

注:雁荡山素以峰、嶂、洞、瀑、门的奇秀而著称,其中,灵峰夜景、灵岩飞渡、龙湫飞瀑尤具神韵,被称为"雁荡三绝"。

心境三题

（一）

老了
要有老了的心性
老了的心性真说不清
但我已经步入老境

（二）

那时候，总看不清楚
什么是前途
误将无知的生活
过得生机勃勃
现在，不再为前途操心
她已经叩响
我的房门

（三）

近来，没多少想法
吃得好，睡得好

好好生活

没有想起过去
也没有想起各级领导
当然，我也不知道
是否有人
想起过我

上　塬

十八道弯，远远望去
像负在黄土背上
若隐若现的小河

十八道弯
走过多次了，其实
没有一次真走过

路边走着几个人
都是山里的农民
气喘吁吁的样子
像背着一年的生活

我们的车子攀援、上升
很快进入另一片天空
回头看，一座喧嚣的城
深深落下去了

很多年

很多年过去了
忽然有了老队长的消息
我寄了本纪念册给他
他打电话说:
很珍贵啊
你还记得我
我连连应允着
心下思忖
我是什么时候
记起他的呢?

走出一个老地方

从一个老地方
突然走出去
就像一个社会
突然走出某个时代
许多事情没了交代
许多事情像旧补丁
打在心上

说不清背上的阴影有多沉重
眼里噙着的是不是点点希望
前面总有一段路
深一脚浅一脚的

走出一个时代
就年轻了
走出一个老地方
就老得快

好好生活

短　信

发条短信给你
不为寻找慰藉
看看能不能唤回
久违的笑

突然收到一声喘息
知道你在赶路
你的路长啊
已放不下期望的重负

不忍再发
怕一句不着边际的问询
揭开旧伤口
让你倍加疼痛……

东大街

东大街,一排平房倒下去了
一座新楼还没有站起来
昼夜的喧嚣声
一浪高过一浪

东大街,一只小狗眼含泪水
在惶恐中追寻走失的主人
一个老妇从杂沓的脚缝中
伸出黑黝黝的手

我一猫身,丢下一张纸币
赶紧混入蜂拥的人流
把那双逼人的目光
甩在身后

玫瑰花

如果你能代表爱情
请保持含苞戴露的姿势
永远不要绽放
因为,爱情是不会凋零的

如果你能代表爱情
请不要在 2 月 14 日的午夜
急于打折,推销自己
因为,爱情是无价的

如果你能代表爱情
请代表爱情最尖锐的部分
如果有人争夺
定会被深深刺伤

风·蟹·舟·荷

朋友出了个诗题——
风·蟹·舟·荷
我绞尽脑汁
写出四句：

风往前吹
蟹横着行
舟的主人死后
荷花突兀地开了

这是 2011 年夏季
望着池塘里的一朵荷花
我说，开得真快！
老民工说，她很想开

夜行车

一辆车,骤然撞入梦境
旋即驶离

一辆车一定从很远的地方驶来
听起来那么沉重那么急促
像野风,不可遏制
低咽着,驶进夜的深处

它载着山野还是载着河流
载着残星还是载着生活?
等它驶出这个黑夜
就会大白于天下

城边上

踏着软软的阳光,我们去城边转转
那里有细风小路,大块的麦田
麦田前面有一片村庄
我们去闻闻新苗的清香
听听村民的碎语闲言

走了一站又一站,小路走成六车道
形形色色的车辆从身边急驰而过
载着土载着风载着谁的挂念
田里站着三五尊钢铁巨人
长长的手臂示意我们走远,走远

只有村庄还在
里里外外不再有秘密
村东挖沟,村西砌墙
村中弥漫着局促不安
踩着新翻开的土层和衰草
想着明日我们的脚印就被埋葬
一时立在原地
找不着下一个落脚点

隔着工地,回望那片被包围的家园

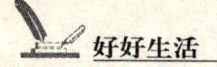 好好生活

心中忽然有说不出的滋味
她已失去昨日的恬淡
在四周高楼的冷冷注视下
不知她，还能坚持多久

高楼下的民工,睡着了

高楼下面的民工
都睡着了
他们展开身子,枕着自己的胳膊
有的睡在硬纸板上
有的睡在泡沫塑料上
高高的大楼默默站立着
为他们遮挡着阳光

午后很静,几个民工
睡得很香很香
等他们醒来,一栋高楼
连同刚刚躺过的地方
都已经属于别人
属于他们的,还在远方

我从他们脚下经过时
脚步迈得很轻很轻
我怕惊醒他们
回乡的梦……

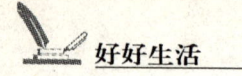 好好生活

下坡路

没有多少坎坷
自然也没有多少风景
下坡路不比上坡路
下坡路都是人走过的

下坡路上,用不着多说什么
最好空着手,耐住寂寞
心灵再高尚
脚下,一步比一步更低

下坡路上,不用左顾右盼
终点在前面
慢慢走就是了
跟着夕阳走

五柳园

去转转五柳园吧
园子四周那些粗枝大叶的梧桐
一定在等着你,再大的太阳
也不让你感觉一点灼热

去转转五柳园吧
那些密札札的银杏热情洋溢的石榴
还有几株古色古韵的老槐,在等着你
一片草地一池清水一块奇怪的石头
还有蘑菇亭葡萄走廊,在等着你

当然,最有诚意的还是那五棵柳树
它们是园子的核心
它们站在金木水火土五个方位上
你可以想象那是五位绿鬓婆娑的女子
也可以想象那是五位慈祥的长者

在五柳很大很大的浓阴下
几个孩子和几只麻雀正在捉迷藏
麻雀躲不过时就上树,倒挂在柳条上
瞅着地上的孩子
叽叽喳喳讥笑一阵

好好生活

　　去转转五柳园吧
　　如果你还没有去过
　　去一趟你就知道了
　　五柳园就在附近
　　总是静静的，像另一个人间

韩式烤肉

早年在新疆,觉得烤羊肉串最好吃
现在知道,烤肉的方法多种多样
坐在"天登山"连锁店的时候
我对韩国人的烤法表示理解
精细,成熟,操作性强,婆婆妈妈的
不由想到这个国家
新鲜生猛的民主进程
竟然搞得几任总统都不得善终
一想到卢武铉就再不忍大嚼大咽
他们怎么狠心用卸磨杀驴的手段呢?
你韩国也知道投鼠忌器
这样的儒家文化吗
再说,世界上有几个强人
管好了自己的亲属家眷?
一个道德水准很高荣辱心极强的人
与其被放在火上烤
不如自我决断一了百了!
人一死灯尽火灭
我们继续吃韩式烤肉
慢慢地烤,默默地嚼
等差不多的时候再配一碗冷面
把咽下去的火焰迎头浇灭
然后打道回府

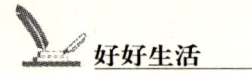 好好生活

路 遇

路遇一对双胞胎
小姐妹正咿呀学步
年轻的妈妈抱抱这个
很快又抱抱那个
生怕亏待其中的一个

我们的双胞胎女儿像这么大时
一个抱着奶奶,一个抱着姥姥
她们一两个月见一次妈妈
一两年见一次爸爸

我们一直觉得欠她们的
但她们每月都给我们零花钱
她们已经想不起
自己是怎么学会走路的
我们也不记得了

不明不白

人世上
各有各的活法
死也一样

有人老死
有人病死
有人死于灾难
有人死于战争

有人死得清清楚楚
总有一些人
死得不明不白

青岛啤酒

用崂山的清韵点染心情
用大海的气度开拓雅量
让我们坐下来
喝青岛啤酒

原浆一扎，黄啤一扎，黑啤又一扎
我们需要摒弃西部人豪饮的做法
代之以发达地区高贵的姿态
一口一口，慢慢品尝

你能品出
一座城市的清爽么
你能品出
波翻浪涌的冲劲么

我们都是缺少水分滋润的人
这种苦中带甜涩中带滑冷中带热的
液体
喝着喝着
竟喝出一点生活的原汁原味

路　畔

路畔，有人深深俯下身子
为一株绽开的花朵
拍写真照

仔细看去
那是一朵别致的花
真的，很别致

你得承认
狗尿苔
也有春天！

好好生活

循着路边走

小时候,总走山路小路
似有若无的路,一路连走带跑
如今出门,都是大路,又平又宽
望不到头,已经没有歧途
但我学会了循着路边
不紧不慢地走,不再追赶什么
在下一个路口到来之前
我总迈着轻描淡写的步子
而眼前的路就像一条河
承载着多少风声、细月、黄昏、微雨
以及憧憬、奢望、波澜与伤逝啊
身边有人匆忙地走过去了
望着那些渐渐模糊的身影
我会暗暗地祝福一声
但我照样循着路边
不紧不慢地走
走着走着
一年就过去了

井冈山（七首）

从吉安到井冈

从吉安到井冈
最后一趟班车载着6名乘客
不慌不忙驶进斜阳
老路打满补丁，赣南的风
从窗外野野地吹进来

从吉安到井冈
斜阳在车子的右前方
眼看就斜下去了
却吐出一口血色
染红一片苍山

那一定是井冈山，我知道
在祖国辽阔的大地上
没有哪一座山
比眼前的这座山
更红，更鲜亮

井冈山

阳光普照着五百里井冈

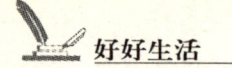 好好生活

黄洋界上，云树苍苍
松风拂过，将远来的阵阵喧嚣
不断送往更远处

我们急急地走，默默地看
在八一这个特殊的日子里
一定会有天堂的人相邀赶来
我们一再放轻脚步，闭上嘴巴
停止指指点点
不能让现代人丑陋的灵魂
亵渎一片静静的圣地

一条路，一间屋，一块石，一棵松
一盏油灯，一门土炮，一个弹洞
直至一个信念，一种精神
一颗无名的亡灵……
井冈山啊，我不知道怎样描述您

当我们走遍大、小五井，茨坪与茅坪
最后站在北山的先烈纪念塔下
眼里早已溢满泪水
"人间变了，似天渊翻覆！"

在毛泽东旧居

在老人家用过的桌子上
摆放着一盏油灯
几支香烟和一把硬币
我低下头，端详了许久

我把一枚硬币
轻轻搁上去的时候
心里默默念叨着：
您从不摸钱，但可以看看

这是新版的人民币啊
如今，在世界走俏
有人天天盯着
让它升值

一盏灯

一盏油灯
亮不出一座山
甚至，亮不出一个院落

但，当夜黑透的时候
一盏油灯就是一粒种子
就是点燃世界的思想
照亮一条路，一群人
和一个国家的灵魂

一盏油灯在黑暗里
惊天动地！

一杆枪

一杆枪静静站立着

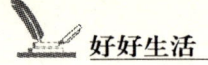 好好生活

像一名士兵
昂首挺胸

一杆枪在沉沉黑夜
走过了很长的路
一路血与火

一杆枪让历史翻天覆地
依然站立着
它在看守和平

请记住

如果你是一名党员
请记住井冈山吧
记住井冈山的斗争
创立了共产党的政权

如果你是一名军人
请记住井冈山吧
记住老百姓的养育
成就了军队的今天

如果你是一名公仆
请记住井冈山吧
记住历史的星火
必定由人民点燃

雨中看瀑

举着伞,踏着湿漉漉的山石小径
我们去看彩虹瀑

小雨淋透了黄洋界哨口
淋透了五百里井冈
也淋透了我们的心

雨中,草木凄凄,一座山在呻吟
而我们,多像一群追赶灵魂的人
一步紧似一步
惶惶前行

雨中,万物皆浓缩为迷雾
除了英雄,谁会留下自己的脚印?

当终于站在飞逝而下的瀑布前
我们,是否真的听到了
历史的回声?

一任水雾扑面吧
那经久不息的轰鸣
分明是山魂在呐喊
挟着雷,裹着风
……

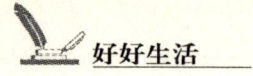好好生活

庐山（五首）

上庐山

我们该怀着一种什么样的心情
踏上一座
政治山峰

导游说，跟着我就不会迷失
是的，跟着你就是跟着一条路
跟着你就是跟着一群人

我不会走在最前面
但，我也不会与多数人
拉开很远的距离

细雨中，有人往上走
有人往下走
路边的黄叶，很稠很稠

或许每一座山都能告诉我们
应该如何仰望
如何低头

只有这座山能告诉我们
世上有许多说不清道不明的事情
纵然走到更高处

登五老峰

我们怀着虔诚的心情
去拜访五位长者
他们见过千古的大世面
接受过无数人的访问
凡人，伟人，今人，古人
中国人，西洋人……
我们要踏着这些人的足迹
学着这些人的姿势
从山脚一直走上去

其实，走山路没有任何诀窍
有节奏地一步步向前就是了
偶尔一回望，我高人一峰
举首之间，人又高我一峰
等到了山顶，千古人物皆平起平坐

老人都有宽厚善良的品性
五位长者热情拥抱我们
听我们倾诉，与我们合影
馈赠我们坚韧的毅力
使我们没有因为一路向上而精疲力竭
并保持足够的力量和勇气

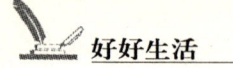 好好生活

一路再走下去

三叠泉

一滴水到高处
就有了惊人的气势

是奔着缥缈的仙姿而去的吗
是奔着一个永恒的目标而去的吗

挡不住的诱惑啊
一跌,再跌,三跌
终于粉身碎骨,折笔图成
让一披松风高高挂起

当我们折转头来
在陡峭的崖壁上
踩着自己刚刚留下的脚印
再次一步步迈上1300个台阶
心中突然响起阳关曲

这三叠不是那三叠
风光虽美,没有足够的脚力
纵然一叠,也是看不见的

蓝果树

住房的门口有一棵蓝果树
高寿180,这让我们肃然起敬

180 年前还是清朝年间
那时候庐山一定静悄悄的
牯岭没有街道，东谷没有别墅
只有零星的几间茅屋里
住着几个山民
还有几个修道者，几个隐居者
几个过路的官员，几个游荡的文人

180 年间，蓝果树看见的事情太多了
但它始终守口如瓶
只把很大的荫凉
赐予入住房间的主人

我为能和它相伴十五日而自豪
每次进门，我都会注目很长时间
有这样的老者站在门口
每晚，我都会暖暖入梦

风景都在远处

风景都在远处
我们慢慢看过去——
一对老夫妻相携着
正一步一步下山
一个蹲在路边卖莲蓬籽的小女孩
一元钱为我们挑选三朵
一棵蓝果树并不算老
却比我们年长 120 岁

好好生活

依然站在原地,努力生长
一座山峰老了很久
和它并排站着的几个弟兄
不用说也都老了,被尊称"五老峰"
一条水还很年轻,一路欢歌笑语
其实,那笑声穿越千年之外
……

风景都在远处
我们慢慢看过去的时候
也会发几句牢骚——
火车为啥一晚再晚
列车员不提供任何服务
为啥还板着脸
所有这些,相信会边走边遗忘
等一路下来,平平安安回到家
所有的不快已经释然
剩余的便都是远处的风景
以及风景带来的好心情

使绊子

一个扛着摄像机的女人
混乱中使个绊子
把一个男人和他的小孩
重重摔倒在地

当我看见这个镜头
不止一次低下头来
这个丑陋的女人
把人类最丑陋的一面
毫无顾忌地
晾晒在世界面前

如果那个男人不是在逃难
她敢不敢伸一条腿?
如果那个逃难的男人不是抱着孩子
她敢不敢伸一条腿?
如果那个孩子有一天突然长大
会不会冲她怒骂一声
操你祖宗!

小男孩

在遥远的土耳其海滩上
一个三岁小男孩
像趴在母亲怀里那样
趴在地上,睡着了
他把脸深深埋在海水里
再也不想看见
身下的大地
他那血红的上衣
在海风中鼓吹着
让地球人
羞红了脸……

第五辑

散文随笔

永远的小城

记忆深处的这座小城是一座古城,两千多年了,历史上曾居住过包括汉族在内的十多个民族;也是一座边城,位置就在雄鸡高耸的尾雉上。如今,在时代大潮的冲击下,已经冲出国门、走向世界了。但在我的心目中,她仍然是一座小城。

人的一生实在短暂,来不及到很多地方去,一旦到过那地方之后,就永远生活在那里了。小城,她给了我太多的馈赠!

六十年代的最后一个春天,我们迎着二月的寒风,穿走廊、指天山,一路西进。很多人都不知此行何处,我心里想:向西,不是踏上高原,就是走进戈壁。男儿西北有神州,我不在乎,反正是当兵去。气虽盛,望着眼前没有边际的荒漠,到底觉得这回是驱车西上欲到天,太远了。什么苍凉、冷酷之大美,怎么也感觉不出来。

我们的"解放牌"驶近小城时,正赶上夕阳西下,在宽阔的地平线上,橘黄色的夕阳鲜活而动人。"长河落日圆",真不负半个多月的追赶了,这么近的夕阳就悬在眼前,把金色的余晖披在高低错落的房屋上,披在只有数百米长的街道上,披在街上身着各色服饰的人的脸上、肩上,使我感觉到了小城特有的神秘、宁静和苍老。后来知道,小城其实是久负盛名的。《汉书·西域传》记载:"王治疏勒城,户千五百一十,口万八千六百四十七,胜兵二千人。"多么准确的统计!这资料的提供者就是我国历史上不同寻常的人物张骞。大约是公元前128年的某一天,这位西汉特使在经历了九死一生之后,拖着疲惫不堪的身躯走进了疏勒城，他惊奇地发现，这小城里"有市列"，有很像样的街道，而且车水马龙，熙来攘往，居然与中原的城镇相仿。特使大喜过望，甚至盘算着下一次西来的日子。他很快就弄清楚了，疏勒城"西当大月氏、大宛、康居道也"。这疏勒城，就是我们踏入的喀什市。她像帕米尔隆起前飘零的一片绿叶，又像塔里木干涸时遗落的一叶扁舟，守望在遥远的地方。

远处传来羊皮鼓的声音，我心里有种异国他乡的感觉。手中一碗玉米面糊糊还未喝完，暮色就从大漠边缘漫了过来，眨眼工夫，小城就被淹没了。这儿的白天似乎特别长，而黑夜说来就来。

这就是我们的家了。说是家，其实军营离城还有几十里路，平时是难得进一回城的。印象深的是七十年代初的那一次。那时，部队都搞野营拉练，我们常在冬季被拉出去。有一次，部队决定进城与各族群众联欢。这一天，果然是风高雪急，正是苦练的好时机。我的双脚打了好几个泡，近乎是一步步挪了。由于误了时间，小城的百姓们排在街道两旁，在风雪中足足等了一个小时。我平生第一次接受这么多人的欢迎，怀里、手上还不断地被塞了许多红枣、杏干、石榴什么的，不由心潮起伏。耳边左一声"亲人"、右一声"亲人"的呼唤，使我们很多人泪流满面，走在人群的夹道中，一、二、一的步子迈得出奇的稳当、有力。这一次，我从内心感受到了小城的诚实、厚道和热烈、欢快。后来偶尔读到一位老战士写1949年9月我军进军喀什的古诗，才知老一辈早就有详细的记述："……传令止步整军容/五千兵达喀什城。军旗招展军乐鸣/步伐声和鼓掌声。夹道两旁笑开颜/奶茶葡萄瓜果甜……丝绸路上插红旗/十三民族乐陶然。"

在此后二十多年的风风雨雨里，我们就这样与小城一同守望着，一同成长着。眼见得公路宽了，民航通了，高楼建起来了，我们心中的企盼也随着一天天攀升。80 年代，我们这支部队苦于驻地的困境，不得不考虑迁建城区。亏得当地政府和各族群众的大力支持和帮助，从勘察选点、工程建设到家属就业、小孩上学等，都给予了很多关照。喀什地委的辛维文秘书长是一位热心肠，出了不少力。早在我们这支部队组建初期，他作为那片地盘上的公社书记就尽了地主之谊。我们进城时，他已升官了，但他这人念旧情，有热情，办事又干练，很靠得住。他退休时部队给送了个镜框，我写了两句话在上面："从政是公仆辛勤耕耘情洒一方热土，为人作表率谨慎筹谋心系各界军民。"算表示了我们的敬意。

还有一位民族老乡名叫木萨江，大伙儿都叫他木工，工程师的工，因为他搞水暖维修很有一套。他为部队烧锅炉、干杂活的时间和我的军龄一般长。他家在原部队驻地附近，我们进城，他把家甩给儿子，也跟了来，继续干他的本行。我离开时，他泪眼巴巴地说："你们一个一个都走了，以后谁还记得我？"我听了心里直发酸。也不知他现在过得怎样。

在小城住久了，知道这城里城外还有不少可看的古迹：汗诺依古城、艾提尕大寺、香妃墓、莫尔佛塔等等，都极富伊斯兰文化色彩。据考证，早在六七千年以前，这片绿洲就已进入了以较大型磨制石器为主要特征的新石器时代。在漫长的历史进程中，这里曾有过长时间的繁荣，也有过无数次的杀伐征战。

公元 74 年初春的一个黎明，克孜勒河的下游，一支仅有 36 人的骑兵队，踏着冰凌未尽的刺骨河水，悄无声息地驰往北岸。90 里之外，就是疏勒国盘橐城，眼下正是匈奴势力在西域的一个重要据点。出其不意，攻其不备，骑兵队眨眼间拿下城池，取而代之。指挥这支突袭队的，就是"投笔从戎"、后来镇守西域 30 年的班超。他是一位具有非凡毅力，在政治与军事诸方面有过人才智，同时又是善于团结少数民族共同对敌的杰出人才。他南北征战18年，终于完成了统一西域、重振丝路的大业。他把自己的毕生理想植根于西域的土壤，得到疏勒以及整个西域人民的衷心爱戴和拥护。如今，为了纪念这位"定远将军"，在小城的东南建了一座小小的"盘橐城"，并立了将军的塑像。我们能在他的故乡效仿故人，为共和国的强盛奉献自己的微薄之力，真该感到自豪！

  1998年春天，我终于要和小城告别了，在一个夜晚，我踏上东归之路。我，一个旅人，一个正步入老境的人，就要走进阳关。出关，自古就悲壮，而入关就没有多少气势了。我默默穿过夜色笼罩下的小城，已经说不出心里是什么滋味了。我忽然对这小城陌生起来，万家灯火遮掩了许多历史的沧桑，我看不清她的过去；世上的事情变化太快，我想象不出她日后的轮廓。我在心里一遍遍地说：再见了，我心中永远的小城！

走近晋北

晋北是黄土和大山的故乡。站在太原城向北望过去，从东向西大致呈南北走向的太行山、五台山、恒山、吕梁山排成四列纵队，前呼后拥而来，铿锵的脚步踏过，掀起一阵阵狂涛。山是最有灵性的，在共和国的版图上，这些有眉有脸的山脉，个个像三晋汉子一样雄浑敦实，充满激情和力量，把晋北装点得大大有了层次，较之东部一脚之下的华北平原，顿高出了千米之多。

晋北的山确也大气，然而自汉唐以后，一再的废林开垦造成大量水土流失，岗丘起伏、千沟万壑的形态，犹如大海中的黄色波涛。气候也渐渐变得干燥而寒冷，尤其晋西北一带，年平均气温只有 6.2 摄氏度，无霜期仅 90~120 天。山西自古为中原门户，因地理形势"最为完固"，有"表里山河"之称，而晋北一带在古代一直是征战沙场，也留下了很多遗迹。著名的"长城外三关"——雁门关、宁武关、偏头关，南距太原城都在数百公里之内，数千年间，曾无数次阻挡住了北方游牧民族对中原民族的侵扰，却阻挡不了一阵紧似一阵穿关而下的西北风。"边庭无日不风沙，百草黄云万里赊"，明代李濂《宁武关》的诗句就是写照。

走近晋北，忽然想起赵雍这个人，他就是赵武灵王，战国时赵国的第六位君主。那时，晋北的赵国与北方游牧民族来往密切，赵武灵王认识到他们的骑射技术在丘陵和山地作战的长处，决定建立一支精于骑射的军队，还决定袭用胡人便于骑射的服装。这是一个很大的创新,反对的人真不少。他的叔父公子成说:中国这地方,是聪明才智的人聚居的地方,是古代先贤进行教化和施行仁义道德的地方,历来被其他国家、民族学习、效法,怎么能改穿胡服呢?说得冠冕堂皇。赵武灵王真是个英雄,他战胜了反对派,取得了改革的成功,赵国日渐强盛起来。史学家认为,在中国历史上,"胡服骑射"的政策打破了华夏族盲目的自尊观念,开创了由国家倡导的向少数民族学习的范例,在政治上、思想上都意义深远。自此以后,骑马文化与农耕文化的结合,游牧民族和华夏民族的交融,对发展壮大中华文明起到了十分重大的作用。文化的认同,是文明的表现。能不能吸收借鉴人类社会的文明成果,是一个国家和民族走向成熟和富强的重要标志。

"胡服骑射"这件事情,是晋北乃至三晋人很引以为自豪的。在黄土高原东缘这片古老的土地上,值得自豪的事情太多了。单是占全国70%以上辽金以前的古建筑,就够你看一阵子。走过太原城时,只见宽阔的公路四通八达,铁路复线和电气化工程不少已建成,知道近年山西的交通已有了很大发展。尤其令山西人感到自豪的是,这片土地上还有中国三大卫星发射中心之一的"中国太原卫星发射中心"。这个极其熟悉的名字如一团火焰,现在就闪亮在我们眼前。

说起这个中心,人们就会想到我国"风云"号、"资源"号太阳同步卫星,想到摩托罗拉公司的铱星,进而想到火箭起飞时的壮丽景象。我总认为,在人类所创造的所有景观中,能令人类自己百看不厌的,只有火箭发射。那辉辉煌煌、轰轰烈烈的情景和拔地而起、扶摇直上九万里的气势,没有人不为之震撼和惊叹。可惜今生无缘一睹,实为憾事。但,有机会踏进"中国太原卫星发射中心",谁说不是幸运的呢!走近晋北,不为观山景,不为寻访古战场,只为看一眼这位大山深处的娇子。

时令是初冬，大山的绿色已经褪尽。阳光穿透凛凛长风照在山坡上，三分暖意，七分寒意。这丝毫不影响我们拜谒"中心"的极好情绪。在一种特殊的氛围里，不由得使人对大山也敬畏起来。"中心"三面环山，位置很是得体，安详中透出一股凛然之气。高高的发射塔架默默耸立着，似在等待什么，我似乎知道它在等待什么。它在等待时就是一种象征，一种向上的、不可遏制的巨大力量的象征，无疑也是发射中心的象征。塔架下有片荒地，半尺高的野草在风中向我们一再点头示意。随行的一位年轻同志说，它们经受过多次烈火焚烧的考验，每次都能很快重新站立起来，不待春风来呢。说得很有诗意。实际的情形是，这里的春天一再晚点，而且转瞬即逝，绝感觉不到春光无限。棉衣要从十月一直穿到来年五月。

大山也有大山的馈赠。用农家人的话说，二阴田地里长熟的莜麦、马铃薯、玉米、胡麻等，是上好的五谷杂粮。再加上山里的牛、羊，很养人的。这对城里人实在是难得的口福，烤土豆就鲜奶，真正绿色食品的味道。但，从踏进"中心"的那一刻起，我就强烈地感觉到，中国还需要艰苦奋斗的精神，而且有人正在艰苦奋斗！看看这些身居深山坳、与风雪为伴的人，看看这些内心充满美丽寄托的人，这些战胜一个个困难、为神箭插上翅膀的人，你的心灵肯定能得到一次净化，你的身子会挺得更直更直。在来的路上，我看见一辆又一辆装满大白菜的卡车向"中心"开进，这使我想起曾驻守西部荒漠时的情景，每年冬初，都要储藏足够的萝卜、白菜，否则，冬天就难过了。这些年条件变了，城里人已没有了这一习惯，而现代化的卫星发射中心为解决大半年的蔬菜问题，需要做许多许多工作。"中心"的负责人说，经过几十年的发展，工作、生活环境得到了很大改善，但条件仍然有限。条件有限说明发展的余地也很大。当我知道，这里和许多城市一样，并不享受艰苦地区待遇时，颇觉有些不公，又一想，地球上有哪一条曲线又是画得尽善尽美的呢,便对这大山更生一层敬意。在谈到人才保留时,这位年轻而精神的负责人说了三句话:稳定优秀人才,培养青年人才,盘活一般人才。这是一篇大文章,需要配套的政策法规,需要一年又一年扎实有效、耐心细致的工作。我在表示钦佩的同时,由衷地祝愿发射中心像隆隆上升的火箭一样,从辉煌跃上新的高层。

归途上,想起了唐人写于山西的诗句:"无端更渡桑干水,却望并州是故乡"。我这一趟也算是无端,却没有走到桑干河那么远,也没有像卫星发射中心的人们那样,把山西当成故乡,我只是刚刚走近晋北,但感觉中已十分满足,好像了却了一桩什么心愿。一种美好的印象一定会在今后的日子里伴随着我,走出很远很远。

三月情结

阴霾和忧郁的日子渐渐远去，三月迈着匆匆脚步，如期而至。

三月一来，世界就鲜亮起来，风是和风，"杨柳散和风，青山澹吾虑"，雨是细雨，"随风潜入夜，润物细无声"。三月很少打雷，要打，那就叫第一声春雷，"春雷一声发，惊燕亦惊蛇"。三月的山是"春山如黛草如烟"，三月的水是"一渠春水赤栏桥"，三月的野外是"薄雾笼春天欲醉"，三月的行人是"心同草树乐春天"。三月属于春天，春天诱惑太多。易中天说："春天应该去远足，去踏青。当然，最应该的还是谈恋爱。"这话很对。三月再往前一步，就可以河边濯足陌上踏歌了，那河可能是灞河，那歌可能是流行歌曲，如果是我，就哼"阳关三叠"，王维作的词，我只哼前两句。我要哼着"渭城朝雨浥轻尘，客舍青青柳色新"去灞河岸边走一走，看一看。这是三月以后的事情，现在我还说三月。

我要说说三月的桥南。因为，那是个很小很小的地方，与灞河隔着一道塬，在地图上找不到，在奉献过青春的人们的记忆中，却总是抹不去，她像一个小小的摇篮，是几代人的一个大情结。

在秦岭恒久的庇护下，小小的桥南山风款款，树叶窸窣，光影婆娑，惹人眷顾。有一座山依然保持沉默，任炊烟和流云在腰际和头顶由抽象到模糊，再由模糊到抽象；有一泓清水在山涧的石头缝隙中叮叮当当奏出天籁之音；有一座营院条理清晰，秩序井然，散发着清新的气息；有一棵树已经老了，越老影子越大，自言自语着深藏的秘密；有一条路静静匍匐在地，沿着那路，就可以踩响一串串往事，有人正走进山里去，有人正走出山外来。三月的桥南，把那些没有说完的话都融进春风里，长成了尖尖的椿树芽；把那些没有做完的事都托付给了一座都市，一张天网，一片星光。你要在三月走进桥南，就是走进一缕春光，一声鸟鸣，一段旧事，一句久别的问候，你会闻到时间的气息和味道。白天，你可以沿着田埂、水渠平平仄仄到农家，撇几句秦语，听两声狗叫，再听两声鸡叫。一路上，你可以悄悄看一阵草木间的许多小东西，比如一群蚂蚁搬家，两只山雀斗嘴等等，这在城里见不着，城里只有苍蝇和蚊子。如果是夜晚，你可以在那座营院的某个僻静处坐下来，静静清点一遍那片天空的星星，看看是多了哪一颗还是少了哪一颗。或许这些有点孩子家家的，那你还可以就着星光，想想那位早已嫁做他人妇的小女兵，她的笑声一定还回响在某条小路，让你心里一阵温暖。如果你不巧踩着一个影子，那可能是你的一点旧疤痕，就会引来一阵带有快感的疼痛。所有这一切，你只有在桥南能寻到。

我还要说说三月的记忆，因为，所有的情结都在记忆中。

我一直记得1971年的3月3日，那是我国第二颗人造地球卫星——"实践一号"上天的日子。我那时在一个遥远的地方，刚刚学会做简单的技术工作，开始了人生历程中的真正磨砺。记得"实践一号"上天后的几天，因为某种原因，卫星上的一种信号地面一直收不到，引起了外界的种种猜测。结果，卫星转着转着又有了，而且一切都很正常，一直工作了数年时间。三十多年过去了，我现在还想，实践出真知，那信号确实是实践出来的。很值得提及的是，正是这颗"实践一号"卫星，掀开了桥南历史性的一页，一位长在深山的大家闺秀初嫁了。从此，她在数十年的风风雨雨中，走过了一段极不平凡的历程。在她渐渐被人们淡忘的 1995 年的某一天，我曾一个人悄悄走进她的腹地，我不是要去寻找我的脚印，我在那里没有留下过脚印，我要寻找的是我的祝福。数十年间，我曾从千里之外的大漠边缘送给她很多祝福，被我打包成一串又一串数字电汇过来，我想当面问问她，是否把我的礼物遗落在了一条山沟里。

我还记得 2002 年的 3 月 25 日，我国"神舟三号"飞船发射成功，在太空遨游 6 天之后，准确返回内蒙古中部地区。这次试验更进一步接近了真正载人飞船的技术状态，结果十分圆满。三一三剩一，再有一次，事情就可能跃上一个新的高度。种种迹象表明，中国人走进太空已经指日可待。果然，仅仅相隔一年半，在收获的季节里，"神舟五号"让杨利伟凌空一跃，成为华夏民族的第一位航天英雄。此后，中国的航天脚步一发不可收，从"神六"双人太空游到一年连发十几颗星，再到实现奔月梦，让"嫦娥一号"绕月翩翩舒长袖，真可谓好戏连台，节节高涨。

最后，我还要说说三月的我，因为，三月里有一个情结只属于我自己。

我生在农历三月，并一直把三月三当生日。前年因母亲后事回老家，一家人聚在一起时，第一次听大姐说到我的生日，她说我生在农历三月二十三日上午，她记得很清楚，当时母亲还准备出门碾米去，结果被我缠住了。这么算来，我的阳历生日应该是 4 月 20 日，节气也恰逢谷雨，古人有诗曰："桃花春欲尽，谷雨夜来收"，"栽时白露，开时谷雨"，正是农家忙碌的日子啊！虽然来得似乎不是时候，却赶上百花欲燃，万象更新，这生日很不错。但我一直没过过，因为家乡老辈子人不讲究过，老辈子人为什么不过，我没有深究过，凭猜想一定逃不脱贫穷的干系。

当我坐在电脑前写这篇短文的时候，我们的国家刚刚战胜了一场历史罕见的冰雪大灾害，让我们倍感这个春天的珍贵。今年3月的"两会"，有许多大动作，有许多新举措，相信大变化、大气象不久就会显现。北京奥运在即，"神舟七号"在即，那将成为我以后的一个又一个情结，也是我们的情结。

我写"一头老驴"

"一头老驴"是我的一首小诗,初稿写得拉拉杂杂,主题不清。后经著名军旅诗人朱增泉将军指点,凝练为以下三小节12行:"面对荒凉戈壁/我长吼一声/憋在心底许久的诗句/一气呵出/老驴回转头/惊恐地望着我/我望着它/此刻,它是我唯一的伙伴/ 驴啊,你吼吧/我和你一样/面对戈壁/需要吼走心头的寂寞/和荒凉"。2003年4月,将军再次和我讨论诗稿时,又为之起了个动听的名字——"我和老驴对唱",并和其他几首写西部的作品作为一组,推荐给了《诗刊》杂志,《诗刊》在当年7月号上半月刊"生命中的诗"栏目刊发。这是我诗歌习作中很大的收获,信心和勇气也随之大增。朱增泉将军是我国军旅诗人的优秀代表,能得到他的赐教,我不胜荣幸,也深深感谢将军。

习作刊出后,一位老战友看到了,打来电话说:"和你对唱的那头驴,当年是我从70多公里外买回来的,最听我使唤,知道不?"他还给我叙说了一些细节,忽然提高了嗓门:"我就是那头驴啊!"我愣了,正想找话安慰驴的这位老主人,他已挂了电话。数天后,我打电话给他:关于"那头驴",等我有机会,再多说几句,你说呢?他"噢"了一声,表示认可。

驴在新疆喀什地区,是一大资源,刚改革开放那几年还有人贩运过。驴虽个头矮小,却能驮善拉,是老乡农作和出门的好帮手。当地俗语说:"压不死的毛驴子",足见其负重的程度。说实话,我是怀着一种伙伴一样不忍割舍的心情写"那头驴"的，它脾气倔，但干活却是没说的，满满一车粪，吆喝一声，就一路小跑，自个儿"得得"地送到地头。它还有些绝活儿，早晨，只要它长长的吼叫声一落，起床号准响。它的吃喝却不怎么样，冬天闲下来，常常吃了上顿没下顿。有一次，它好像忍无可忍，竟然把给它喂水的饲养员的肩膀咬住不放，幸亏棉衣厚，才无大碍。就要开春时，司务长叫买来苞谷面，让驴赶快长膘，准备派大用场。后来，因为队长弄来了一台"手扶"，只好让它退役了。它为我们队服务了四五个年头，被维吾尔族老乡牵走时，沉默不语，乖乖的，没有任何反抗和不愿去的意思。或许它知道，到了农家更会拿它当驴待，大伙儿看在眼里，也没再说什么。它只是新疆喀什地区千万头毛驴中的一头，因为曾服役于军营，所以给我留下了很深刻的印象。

  在我的记忆中，还有一头驴，它是50年前我家的花骟驴。它性情温顺，犁地力气大，身上的毛色有些特别，黑白相间，圈圈点点的，父亲很喜欢。1956年"农业合作化"，父亲高高兴兴让它入社了。到了"三年困难"时期，有一天天麻麻黑，全家人正喝着糜面糊糊，就听从院前传来"得得"的声音，一家人都住了喝，抬头看时，那黑影已经移得近了，父亲"噢"了一声站起身来："这不是花骟驴嘛，你怎么跑到家里来了，你看你瘦的。"随后便叫二哥给喂上几把草，赶快赶到大圈里去。第二天早晨，我一睁眼，就听二哥结结巴巴对父亲说："花骟驴……被踩死了，还有一头骡子，正剥皮呢，队里一会儿就分肉。"父亲好长时间没吭声，末了只是一个劲地念叨"咋赶走了呢！咋没留它一晚上呢！"我们一家子都沉默了，再没有到现场去看过，自然也没有去分肉吃。勤劳善良又通人性的花骟驴啊，它临死前竟知道跑到老主人家来看看，这叫人心里真是说不出的滋味。我到现在想起来，还眼里一阵阵泛潮。那年月，人都挨饿，畜生还有个好？像花骟驴一样命运的牲口很多，只是我一直想不通，畜生又没有思想，它怎么知道自己将有不测呢？它知道自己将有不测，又怎么会想起多年前自己生活过的某个地方、某个人家呢？如果完全出于条件反射，就只有靠动物学家去解释了。我妄加揣测：莫非它们也跟人一样，冥冥之中有什么东西在支配着它？

驴，词典上说：属哺乳纲，马科，草食役用家畜，性温驯，富忍耐力，耐粗食，耐热，但颇执拗。驴跟牛、马一样，与人类相伴已有数千年历史了，最大优点是付出的多，获取的少。付出的多是由驴的本性决定的，它不像牛和马，需要较好的生存条件，至少经常要喂点料，驴只要有草就行。越是艰苦落后的地方，越有驴的用武之地，越需要它没白没黑地干。获取的少除了它不知道索取，恐怕与人的另眼相看有关。自古以来，驴一直是被歧视的对象，"黔驴技穷"就是最好的写照。马冬天可以闲着，驴却不能，稍不如意，不是鞭子就是棍，如果是它的主人，下手还有分寸，否则，轻重就难说了。只因性"颇执拗"，遇上脾气犟的人，要冠以"驴脾气"。如果骂某人"是头驴"，那已经是指某人的品行有问题了，绝没有像说某人是匹马、是头牛那样的褒扬之意。这实在有点不讲"驴道"，明明是人的不是，却硬要扯到驴身上去。说句不合情理的话，谁如果像驴那样不讲条件、不计名利地干，那至少也是一位实干家。

还记得在电视上看"走进非洲"的节目，走进肯尼亚时，说该国东海岸有一个叫拉穆的小岛，也是有名的驴岛，因为驴是岛上唯一的交通工具。有一位生物学女博士到了岛上，想看看岛上的驴是否需要提供帮助，便进行普查，结果有300多头需要进行诊治，这令她很担忧，她决定在岛上开办驴保健医院。现在，这座医院办得生机勃勃，岛上驴子的生存状况得到了很大改善，这真是一件善事，我看了之后真为拉穆岛的驴而欣慰，也十分钦佩那位生物学女博士和她的同事们。

好好生活

为驴说这一番话时，又想起了我国著名诗人艾青，他在20世纪40年代写过一首歌颂北方毛驴的诗："你灰色的眼瞳/瞌睡的眼瞳/映照着/北方的广漠的土地的忧郁/你小小的脚蹄/疲乏的脚蹄/走着那/广漠的土地上的/不平坦的荒凉的道路/你倦怠/你辛苦/你孤独/在这永远被风沙罩着的土地上/驴子啊/你是北国人民的最亲切的朋友……"

我低吟着，心中充满了对诗人深深的敬意和对驴子无比的同情。如今，中国人的生活水平提高了，驴子的生命的艰辛与悲哀是否有了改变呢？我不得而知，我已进城了，但我关心着它们。我还听战友说："大约1970年4、5月份，我和另一位一起入伍的到伽师县，化108元买回一头叫驴，它在部队服务了5年，后来以30元价卖给维吾尔族老乡了。"他又说："我当年就是一头驴啊，拉沙子拉粪，跳进大粪坑里装粪。驴拉我拉，驴歇我歇。"

为此，我又写了以下的句子："我所说的那头驴/已经作古了/驴肉卖了/驴皮熬了东阿阿胶/有关它的历史资料/只剩我的'一头老驴'/昨天，一位老战友——/也就是驴的老主人/在电话上大声说：/'我就是那头驴啊'/我听了很感动/作为驴的文献资料/记录在此，以备查考"。

春雨淅沥好睡眠

好好一个周末,天下小雨,正该睡大觉的时候,却一样早醒。

早醒也眯着。这样,就好像每一滴雨声,都滴进灵魂里,别是一番滋味在心头。

睡大觉是年轻人的事情。如今,城里的年轻人大多忙得要死,赶上一个周末,就要睡个黑天昏地。快节奏的现代社会逼的人离开大自然越来越远,已经不认识春季了。

比较起来,古代人倒是更会享受生活,孟浩然就很典型,诗都是春雨的味道:"春眠不觉晓,处处闻啼鸟。夜来风雨声,花落知多少?"你看,睡到自然醒并不急着起来,还要听听鸟鸣,想想昨夜,为落花再悲悯一番,一天的好心情都有了,再出门去自当顺利,这才是春季应有的的生存状态。

宋人也一样,"明月闲延夜语,落花静拥春眠",其实是人在眠。"小楼一夜听春雨,深巷明朝卖杏花。"陆游总是故国情怀,感念甚多,但觉是不能不睡的,说是听了一夜,听着听着就睡了也未可知。宋人最爱做春梦,春渐深时晨睡已不能满足,还要享受午觉,"午睡渐多浓似酒,韶华已入东君手"即是写照。

元人模仿唐人的活法:"绿窗春睡觉来迟,谁唤起,窗外晓莺啼。""春梦觉,一声何处啼鸟。"完全是唐人的复制版。

春季睡大觉似乎是男人的事情,自古女人早起是正理,"采桑畏日高,不待春眠足。"再睡不醒也得早早起来采桑,男人却可以照睡不误。当然富贵人家的女子不是这样生活的。

女人只应春思,无论贵贱。男秋愁,女春思,大概含有此意。李清照是春思的楷模:"沉香断续玉炉寒,伴我情怀如水,笛声三弄,梅心惊破,多少春情意。"清代女子的春思:"叶叶含春思,枝枝向画廊。君情若比树,妾意复何伤?"

好像女子的春思多半也是男人写出来的,比如"春思重,晓妆迟,寻思残梦时"就是晏几道替女子说的。"打起黄莺儿,莫叫枝上啼。啼时惊妾梦,不得到辽西。"没有查证过,但凭想象,这一定也是男人替春闺女子写的,开初以为逗鸟玩呢,读完才觉得很是凄楚。女人的春思多半凄楚。

古代男人春天喜欢寻花问柳,自然最了解女人的春思,千篇万篇地倾注在诗词中。"恋恋绣衾半拥,动万感脉脉,春思无托。""半身屏外。睡觉唇红退。春思乱,芳心碎。"写这类句子自然也是宋人之最爱。辛弃疾甚至把整个春天都说成是女子:"昨日春如十三女儿学绣,枝枝不教花瘦。"让人心里酥软。"相逢不尽平生事,春思入琵琶。"连元人都知道春思的妙处。

军营春暖

过了清明,春就深了。正是孩童"寻逐春风捉柳花"的时候。"春深花发塞前溪",想起这样的句子,便知道天下的军营,在这春日的阳光下,定是生机勃勃的景象。

屈指算来,走进军营数十年有余。数十年是怎样一点点过去的,乍一想连自己都有些吃惊。当兵当到这个份儿上,也算是老兵了,心里一时坦然。

兵当得渐渐步入老境时,又赶上军队再次增加津贴补贴,感觉真好!这是党和人民政府在这个春天送来的一股和煦春风,把军营吹得暖暖的。

工资可是天大的事情啊!现代社会,不知有多少人就靠工资生存着。我们是军人,靠人民养活,是人民利益的保卫者,当多数人都不富裕的时候,军人要忍耐,与人民群众同甘共苦;当国家经济发展了的时候,政府适量增加军费开支,用于国防和军队建设,也让军人改善生活条件,分享发展成果,以便安心工作,更好尽职责,完成党和人民交付的使命。这是国家之幸事,更是我们军人之幸事。

记得20世纪70年代在边疆,我的工资是67.2元(正排23级),这个数字在今天,只是内地一名士兵4天的伙食费,但当年却十分可观。有一次探家,和一位60多岁的小学教师论起工资,我比他还高出几元,他很吃惊:"你才20多岁就拿这么高的工资啊!部队待遇真不错。"那时我的家乡年年吃国家供应粮,穷得不知如何是好,亏得我的工资经常垫补些,解决了家里相当部分买粮的钱。80年代中期军队工资改革后，我在边疆拿150元左右，仍然可观。80年代后期至90年代中期，工资数量增加了不少，但开销起来似乎不那么得心应手了，自己的小家庭需要钱，出差探亲又撒一大笔钱，再要经常接济农村老家已经有些力不从心。感觉中，部队高工资的优势似乎在减小。90年代初我去兰州大学为部队招收学员，事先精心准备了材料，还带了录像带，花费了很多口舌宣传部队的好处，指望能接几个本科生到边疆去，结果，一群学员中只有一名比较坚定地表示愿意去，其余的都以工资不多、路途太远为由而离去。90年代末至2001年，随着国家公务员工资调整，部队工资实现了翻番，像我这样有30年以上军龄的尽管已拿到数千元，但有统计数据说明，军人工资偏低已经是有目共睹的事实。

　　军队是国家机器的重要组成部分，是维系国家安全的柱石。自古以来，强国之道在于"养兵"，古人云："兵者，百岁不一用，然不可一日忘也。"因为兵是国家主权和民族利益的捍卫者，也是社会财富的捍卫者，"国富者兵强，兵强者战胜"，才能真正实现国防巩固、国家安定，进而创造繁荣昌盛的局面。中国古代养兵，讲的是"兵强马壮"，比如秦军，被称为"虎狼之师"，有这样的军队，最终统一六国就是必然的。再如汉武帝的军队，他的"虎魁骑兵"已经有固定的薪水，其余部队的给养则以北边屯田为主。据记载，汉朝军费开支庞大，钱主要花在养马上，因为马当年是十分重要的军事装备，一匹马等值于20个士兵的年开销。汉朝的士兵似乎没有日常军饷，但待遇是包吃包住，奖金收入也很可观，漠北大战后，卫青和霍去病仅赏赐将士就花费50万斤黄金。军队发放军饷大约起于唐代实行募兵制以后，宋、元、明沿袭下来。至清代中后期，养兵养得就不怎么样了，装备远远落后他人，八旗子弟严重退化，兵卒一个个面黄肌瘦，几百万不敌几万洋兵，从此中华民族受尽列强欺凌。

今天，我们的国家已经变得强盛起来了，但"天下虽安，忘战必危"。党中央审时度势，在国际金融危机的大背景下，决定将中国的军费增加14.9%，并主要用于改善官兵生活待遇，既体现了党中央富国强军的坚定决心和信心，也体现了对230万广大官兵的深切关怀。有一位基层军官在军网上留言说："军人没有多余的选择，正是为了让别人能在自由中选择；军人不仅在于敢付出什么，更在于在付出的同时，内心还珍惜着什么。人民养活我们，只要人民需要，我们永远会第一个站出来。"他的话道出了我们的心声。

当我写着这篇小文的时候，调整后的工资单已经摆在面前，仔细端详那些简单的数字，心中有种沉甸甸的感觉，一股热流在涌动着，一时想了许多。我想到我们的国家还不发达，属于发展中国家，距离真正的大国还有很长的路要走；我想到我们的军队还不强大，武器装备落后别人一大截，要打赢现代信息化战争还需要付出艰苦的努力；我想到我们的人民还不富裕，还有两千万贫困人口等待脱贫，还有大批的灾民等待救助；我也想到当前的金融危机，这场由贪得无厌的富人们挑起的祸患已经严重地影响到国计民生，一大批失业者正在四处奔走，寻找新的出路；我也想到我们自己，我们是军人，国家给军人以崇高的荣誉，就是需要军人付出。军人生活的关键词是"服从"，服从于党，服从国家，服从人民，服从命令。我们有鲜活的个性，有火热的青春，有自己的家庭和幸福，但我们的个性、青春以及家庭的安乐只有融入集体的意志，才能汇成滚滚洪流，才能筑起祖国的钢铁长城。只有有人以血肉之躯捍卫冰冷的武器，才会有人心无旁骛地吹响明媚的乐器。

好好生活

读诗随记

　　订了四份诗歌期刊,两份散文期刊,都是很有影响很高层次的,每月中下旬差不多一起到来,遂拿起一本翻一本,耗费了不少休息时间。阅读也是一种休息,这话只好对会阅读的人说,我们还没有到这种境界,既不会选择良莠,又不能一目十行,一页一页翻过去,遇上长长的句子,短短的节奏,不知哪儿该换行的,常常读得上气不接下气。这还不算,你总得边读边思考吧,得揣测作者的处境和情感,散文还好办一些,有的诗歌曲里拐弯,想半天也不知所云。这还不算,还得挤点时间钻进网络里浏览,弄得眼睛干一回泪一回的。这都是自找的,干吗要阅读这些非本职业务的杂志和网文?不读不行吗?不读又觉得寂寞,怕错过好诗文心里憋屈,怕少见一回自己喜爱的作者而失望。培养起一种兴趣真是遭罪啊!
　　都说诗歌被边缘化了,写诗的比读诗的多,孰好孰坏只有行家能说清,恐怕多数也说不清。我们是看客,站在路边任形形色色的车辆和行人不断通过,看个热闹就是了。但论起对诗歌的态度,我始终很虔诚,订期刊就是具体表现,我觉得期刊和网络上都有不少好诗,好诗的作者不一定是名诗人,但至少可以算诗人。
　　眼下,女诗人特别多,一打一打的,一片一片的,一层一层的,诗歌期刊就顺势推出"女诗人专号",一期亮相一批,很耀人眼目。《诗选刊》的葱郁主编每年都对年度诗歌盘点一遍,列举出若干篇好诗和一批有影响的作者,他2008年的盘点中共列出 27 篇，其中至少 12 篇是女诗人作品。《诗刊》社举办的每届"青春诗会"上，差不多都有几名女性，虽然还算少数，但分量很重，用宋丹丹的话说，那是相当亮丽。前几年，诗歌界在没有评选出新世纪十佳青年男诗人之前，就优先评出了十佳青年女诗人，她们的不少诗的确够得上佳品。如果在网络上找诗歌博客，一点一大堆，多数博主都是女子，一些诗歌网站的管理员不少也是女诗人。女子咋这么爱诗歌呢？是因为女性的特殊感情还是中国的国情？我们是诗的国度，自古就不缺女诗人，才女代代相袭，层出不穷，对诗歌浪潮始终起着推波助澜的作用。

我读诗往往不大注意作者，怕影响对诗的感觉，读到自己喜欢的作品时，才回头去看那大名，其实看了也不认识，喜欢诗就行。我不敢说认识诗的话，只能说喜欢诗。读的诗多了，一些诗人的名字也就记住了，包括不少女诗人。

诗人多数都不用真实姓名，男性女性都如此，总署笔名、别名、大号、小号或者字什么的，这是文人的嗜好，代代相传，成了一种文化现象。现代网络更让这种现象有了发扬光大的空间，又增加网名，起的名字从一个字、一个词直到一句话，丑的、美的、粗俗的、精致的、面目可憎的、含情脉脉的等等，真真假假，不一而足，最好不去记，一记就脑子乱哄哄的。

我觉得诗人还是起个有诗意的名字比较好，容易被读诗的人记住，尤其是女诗人，比如十佳青年女诗人中的蓝蓝、路也、安琪、林雪等。也许写诗之前就起好了，不管这是她们的第几个名字，反正这个是有特色的。当然，好名字与好作品无关。

我的家乡有一位女诗人娜夜，名字好，诗也写得好，鲁迅文学奖的得主之一。她的《起风了》十分简练，又很开阔，我虽然不能完全背诵出来，但"野茫茫的/顺着风"这样的句子一直记得。据说她的妹妹是草人儿，诗同样不错，名字有田园味，也记住了。家乡还有一位女诗人叫苏黎，参加了第24届青春诗会，她的诗风有点像她的夫君梁积林，却又有自己的不同处，比如这样的句子，"落日，揉着眼睛/身上落满沙尘"，如果是梁积林，也许到此为止了，但她不，她还有下面两句："我感到阵阵疼痛/风中鸟鸣，也有些沙哑"，就明明白白把自己写进去了。

我常浏览另两位女诗人的博客，一位是赵丽华，原先是《诗选刊》的副主编，因在诗坛开创"梨花体"，大约在2006年遭到网络围攻。老实讲，她的不少诗我觉得有味道，不同凡响，她有一首《磨刀霍霍》的诗，在《中国作家》上发表，且抄录如下：

先用砂轮开刃
再用砂石打磨
再用油石细磨
最后用面石定口
这位来自安徽的磨刀师傅
态度一丝不苟
手艺炉火纯青
我掂着这把寒光闪闪的刀上楼
楼道无人
我偷偷摆了几个造型
首先是切肉
然后是剁排骨
最后是砍人。

另一位名叫王妍丁，在沈阳还开办了一间"尚德坊"，就跟四川的翟永明在成都开茶社一样。她的诗没有"脏乱和野蛮",像"灰瓦下生长出的青草",属于有情感和情趣的那种。比如她《薰衣草的爱》的结尾:"……我告诉脚步就这样跟着你/像一棵草/紧紧追赶土地",这是能感动人的句子。自参加完"第24届青春诗会",她的博客上再没有见新作品,好像出席一些诗歌活动后又到鲁院上学深造去了。

不久前,突然发现在自己居住的城市里也有响当当的女诗人,确切地说,是第一次知道几位女诗人就在身边,她们的诗早就读过的,只是不知道离得这么近。比如下面的这两位:三色堇和花语,名字很诗意吧!她们在经营《诗选刊》下半月刊,最近一期的《诗刊》上有二位的作品,我读后在她们的博客上留了几句话,我说她们"一位口吐花语,奏响独弦琴,另一位着三色,手摇时间的折扇,都是陌生的西安人"。我是想套个近乎。她们比我年轻的多,但论起诗歌,又是我的先生,作为诗歌的业余爱好者,我想找机会当面向她们讨教,但愿她们看在诗歌的份上,不会婉拒。

离得比较近的可能还有不少,比如李小洛,十佳青年女诗人之一,人很年轻,作品老道,十分了得,人就在西安的边上。西安应该是唐诗的发祥地,唐代的大诗人几乎没有不在西安留下诗篇的,到了现代诗,西安却有些沉寂了,是因为没有把诗人聚集起来还是别的什么原因,我们不在圈子里,不知究竟,也不知西安的诗人们怎么想。听说今年的五月要在西安举办一个诗歌活动,不知具体内容,也没有参与的福分,心里却期盼着,谁叫我们喜欢诗歌呢。

好好生活

酒后絮语

一周三纵酒，不病也呻吟。我等确非"酒精考验"之人，稍一过度，喉咙先就消受不起，带头发难，干哑哑地疼痛。夜半把人疼醒，赶紧吃药喝水，折腾一阵，继续想把疼痛留在梦中，盼一觉醒来痛苦消失，却再难以成眠。

睡觉这营生最怕认真，完全要不知不觉才是好境界，越想使劲越不对劲，只好静下心来，忍耐着，再忍耐着，忍耐中竟想起时髦的一个词——酒文化。

我辈本文化不多，还想酒文化，实在是胡思乱想，况且给酒加上这后缀的，想必是近些年造酒人的杰作，本不需深究的。酒最早是在什么地方由谁发明的呢？不知有没有人已经考证清楚，但可以肯定，酒不会是一个人的专利，中国古代有酒，外国古代也有，这个民族有，那个民族也有，品种也五花八门，不像指南针、火药，出生地就在中国。酒肯定不是从某一个地方传遍世界的，哪个民族哪个地方都有各自的美味佳肴和琼浆玉液，恐怕完全是在生存过程中不断探索追求的结果。不论怎么说，酒都是人类的伟大发明创造之一，古今中外，只要是正常的人，即便不饮酒也难以抵挡酒的香味。官人爱酒，是交往应酬，文人爱酒，是性情使然，百姓爱酒，是需要温暖。蚂蚁都知道酒香，更何况其他动物。我虽不善饮酒，但知道酒这个东西，真好，只是被很多人喝俗了。

记得上小学时的某个冬天，我的班主任张凯老师不知从哪儿弄来半搪瓷杯酒，放在火炉上温，叫我给他看着，千万别动。我那时不知道酒是什么，只闻到有股香味，他出去一圈刚进门，杯子里起了火苗，他赶紧扑打，又撒了不少，连声叫着：我的酒，我的酒啊！我看他那心疼的样子，连溅出来的都用指头蘸着唆了，真为老师可惜。1972年，我已在边疆的部队当了干部，某天，一位安徽籍的干部探家带回一瓶酒，弄了一盘花生米，叫了三个人一起喝，我是其中之一。他本来想让另一位多喝，结果这仁兄——我的老乡也是我的同学，脸红红的说实在不行，他却非叫喝不可，我心想不就有些辣味么，怕什么！于是拔刀相助，替他一口喝了。这是我第一次喝酒，哪知道酒的厉害，吐得自己觉得都快死了，从此从肺腑里认识了酒。又一年，一位高干子弟带来一瓶茅台，说是8元钱，这价格让我们很吃惊，这么贵的酒一定奇香无比，不尝尝哪行。那子弟把茅台打开了，然后就用那瓶盖，让我们一人尝一瓶盖，我们分队十几个人都享受了，剩余的一点让给了三个老同志。至今想起来，似乎还有余香。

酒总是和诗词歌赋联系在一起的，传统诗词里写到酒的作品多如牛毛。最著名的恐怕非"对酒当歌，人生几何"莫属了，这是建安文学首领曹操《短歌行》里的名句，他不但政治内行，指挥作战内行，饮酒赋诗尤其内行，真正是中国历史上的一个人物，酒到了这种人面前，就沁出一副英雄气概，与江山血脉连在一起了！"何以解忧？唯有杜康"，后人由此知道酒是杜康造出来的，可惜现在的杜康酒已没什么名气了。

若论文人饮酒，古往今来，第一风流者就属李白。你若在任何地方喝声"李白一斗诗百篇"，说不定就会有人接着唱出"长安市上酒家眠。天子呼来不上船，自称臣是酒中仙"的句子。如果这只是他的诗友杜甫的极尽溢美之词的话，那么，他本人留下的"酒诗"该不会是虚妄的："五花马，千金裘，呼儿将出换美酒，与尔同销万古愁。"试问，古今中外，还有谁能写出此等句子！这样豪饮，却让人觉得爽性而高雅，没有一点显丑或狼藉的感觉，这真是古人的高明过人之处。从古诗词中我们似乎看不出古人为献媚取宠而饮，为升官发财而饮，为权柄在握而饮，多半都是为人生而饮，为自然而饮，为朋友而饮。古人所饮之酒，一定不会比今天的更好、更多，但此等饮酒，是不是要高今人一筹呢？

饮酒和品茶一样，都是很雅的事，需要在较慢的生活节奏里慢慢感悟，连山野农夫都知道，饮酒的味道，一半是饮出来的，一半是感悟出来的。如今的城里总是闹哄哄的，酒早已被饮得变味了，恐怕只有在偏远的乡间，才能寻到真的酒味。

章草杂说

章草是最古老的草书体,开了草书的先河,不但在书法发展史上承前启后、贡献莫大,而且对汉字的演化起了很重要的作用。历史上,专以章草留名的书法大家虽然并不多,但多数大家却都研习过章草,并由此有所创新,形成自己的风格。唐代宫廷倡导"二王",章草一时沉寂,但也不是没有人书写,有诗为证:

> 华缄千里到荆门,章草纵横任意论。
> 应笑钟张虚用力,却教羲献枉劳魂。
> 惟堪爱惜为珍宝,不敢传留误子孙。
> 深荷故人相厚处,天行时气许教吞。

写诗的人名李都,没有查到有关他的记载,但这首诗却是收在《全唐诗》里的。宋代章草也许又有起色,连大文人也临章草。有二位文豪在诗词中留下了痕迹,一位是苏轼,他有一首《答王定民》的诗:

> 开缄奕奕满银钩,书尾题诗语更遒。
> 八法旧闻宗长史,五言今复拟苏州。
> 笔踪好在留台寺,旗队遥知到石沟。
> 欲寄鼠须并茧纸,请君章草赋黄楼。

王定民写给苏轼的信笺银钩满纸,是章草书体,苏老夫子很喜欢，就想寄纸和笔去，让他再写。由此断定，作为书法大家的苏轼，自己也临章草是没有疑问的。另一位是陆游，他有两首诗《初春书怀》和《大阅后一日作假》，抄录如下：

纳禄贫如筮仕初，归来依旧卧蜗庐。
半池墨渖临章草，一碗松肪读隐书。
长镵仅供饥子美，清江不疗渴相如。
耄期自许诗情在，雪里犹能跨蹇驴。

小院钩帘扫落花，公余萧散似山家。
下岩紫壁临章草，正焙苍龙试贡茶。
塞上远游心尚壮，车中深闭发先华。
老来日月真堪惜，愁听高城咽暮笳。

可见他对章草情有独钟，不知在历史上留下章草墨迹没有，我一直想查找查找，能见到个影子也是好的。

刘长卿有诗句曰："古调虽自爱，今人多不弹。"旧东西的命运多半都是如此。今人书写章草者寥若晨星，读章草者恐怕就更少了。如今，人们喜欢现代的、流行的、通俗的，喜欢看得见、摸得着的。对太古旧的东西觉得味道老，不新鲜，欣赏不来，越经典有时越费时费力，需要悟半天才悟出点什么来，不划算。对普通人的这种爱好趋向我表示认同，毕竟，社会节奏太快了，生活节奏太快了，连人们的饮食习惯都在变化，更何况其他呢！前几年回老家，见二哥喂牲口时把成捆的苞谷杆直接抱进驴圈里，我有点不解，怎么不铡碎再喂呢？二哥说，这是快餐啊，现在不都吃快餐嘛！我大笑，但无话可说。

人们对艺术的欣赏可以各取所需，但搞艺术的人恐怕不能完全去迎合，否则就可能背离艺术。总有人要在僻静处做很多人看不上眼的事情，也总有人要知道这些事情对今人后人的作用。这跟搞社会教化一样，需要有人采取多种方法与形式，经常做疏导性工作。比如于丹讲论语，易中天讲三国等等，益处绝对占主要方面。再比如声乐界推出的"原生态"唱法，已经具有抢救的性质，却赢得了广大听众的认同。认同归认同，要让各个地方和各个民族的"原生态"唱法后继有人、发扬光大，还有很长的路要走。

　　章草是不是草书体的"原生态"不好说，但这个"原生态"的形势还没有那个"原生态"的形势好，欣赏的人太少了！连行当内都没几个欣赏、倡导的。我想这也不要紧，只要还有人写着就不会绝种，几千年的东西了，不可能在某个早上就绝种，就像一棵树，年代太久了生命力一定不如从前，但只要有人保护，经常不断水，焕发青春活力不是没有可能。世上总有人想到很远的地方去，没有特别的事情，只是为了寻找某种原始与自然，寻找荒凉与孤寂，再怎么苦都要去寻找。醉心于章草的人，就和原生态歌唱的人一样，都是想走向遥远的人，身处遥远的精神世界，虽清冷孤寂，却自我陶醉着。

　　我对书法是门外汉，战友马远先生多年来却一直研习章草，虽不至于到"近墨者黑"的地步，受一点点影响是很自然的。我起初是泛泛的浏览，就是一行行地看，进而耐着性子一个字一个字地看，进而再一篇篇地看，看的久了，就感觉有味。"看"是我这等俗人的说法，人家行内不叫看，叫读，读帖，读作品，是很高雅的事情，把被读者和读者自己的身价都抬得很高。读章草，就像听原生态歌唱，需要沉下心去，慢慢体会和感悟一种古朴，一种苍老，一种鲜亮，一种啸吟，一种经久久沉积后的喷涌，一种从生命中流淌出来的韵律，一股历史的气息就这样扑面而来了！如果我们能在时间的隧道里向古代走回去，说不定在晋朝或者汉代就会看见，原来很多识文断字的人都用章草记述事情，书写信笺，朝廷命官有的还用章草书写奏章呢！

从一则短信说开去

甘肃是我的老家。

朋友转发来一条短信,一看是说我们甘肃人谦虚的,觉得甚好,甚有趣,遂围绕短信发挥一下,说几句闲话。

甘肃,古属雍州,地处黄河上游。它东接陕西,南控巴蜀、青海,西倚新疆,北扼内蒙古、宁夏,是古丝绸之路的锁匙之地和黄金路段。它像一块瑰丽的宝玉,镶嵌在中国中部的黄土高原、青藏高原和内蒙古高原上,东西蜿蜒1600多公里,南北地跨10个纬度,纵横45.37万平方公里。省内生活着汉、回、藏、东乡、裕固、蒙古、哈萨克、保安、撒拉、满、土、维吾尔等12个主要民族。

甘肃历史悠久,有许多值得称誉的地方。但,如果你在北京、上海或者其他东部、南部的某地提起甘肃,人家最先想到的一个词恐怕不具有褒扬之意,很多人会立刻想到"落后"二字,并很快可以说出落后的所在:经济落后,文化落后,社会的方方面面也落后,连乡间的某些习俗也是土里土气的。比如,给客人敬旱烟,用的是长杆铜头玛瑙咀的烟锅子,先自己点火吸着了,再把玛瑙咀用手抹一把双手递给客人。如今年轻一代都抽香烟,这一习俗见不到了。但,倒罐罐茶,至今却还在一些乡村一代代传承着。再比如,籽瓜馍馍招待人,也是贫困中因地制宜的做法。当然,甘肃在政治上与共和国是一个步调,但百姓生活的步调不要说跟不上东部的人,与前后左右的相比较，也有一定距离。本来应该是八方通衢的地方，现在却像被夹在五个省区的中间，有点喘不过气来。论积淀绝无陕西厚实，论空旷不如新疆大气，没有宁夏的小巧，又无巴蜀的秀美。单是干旱缺水一条就断送了省内不少地区年复一年的发展前程。

  古代的甘肃不全是这样的！甘肃产粮，这在经济主要靠农业支配的社会中，地位是不可小视的。整个河西走廊就是一座粮仓啊！金张掖、银武威就是最好的写照。唐代过元宵节，长安的华灯最盛，从长安向四方望出去，只有张掖的华灯能与之相媲美。由此，河西走廊的情形就约略可以想见了。

  但是，甘肃落后了。

  现代的甘肃不该是这样的！甘肃有矿藏，有石油。玉门油田曾为国家作出了很大贡献。白银有色金属公司是新中国成立后最早建设的大型铜硫联合企业，1954年建厂，1960年即投入生产。

  但是，甘肃落后了。

  一个地方的兴盛衰落受很多因素的制约，从历史发展的角度看总是有规律的。当然，甘肃从总体上讲，历史上就没有怎么兴盛过，千里之长的河西走廊曾经既是粮仓，又是最好的战场。中原农耕民族与北方游牧民族一次次的角逐和较量，大多都会在走廊或靠近走廊的地方展开最后的一搏。我说甘肃落后，除了她真的落后的一面之外，还因为自己心里对故乡的期望值过高，恨不得明天早晨就看见故乡新的容颜。没有人不对故乡抱有浓浓的情感，没有人不希望故乡一天比一天好。

  现在回过头来，让我把这则短信抄录如下："甘肃人是这样谦虚的：没啥水，就一条黄河；没啥路，就一条丝绸之路；没啥书，就一本《读者》；没啥吃的，就一碗牛肉面；没啥古迹，就一个莫高窟；没啥科技，就一座航天城；没啥大官，就出了一个总书记和一个总理。"

好好生活

  这则短信我一直存着,存在我的手机里,存在我的心田里。作为一个甘肃人,遇上其他地方的人,如果他给我摆谱,我就这样谦虚一回。

南昌印象

南昌，一个很大气的名字，几欲占尽江南一爿风光。

一个地方的名字就像一个人的脸面，第一印象很重要，看一眼让人心里一豁亮的名字就是好名字，例如南昌这样的。一个地方的名字不是一成不变的，有时会变来变去，南昌正是如此。汉代叫南昌，隋时先叫豫章，后叫洪州，唐朝复改回去，仍叫南昌，明初又称洪都，直到清朝复原为南昌。你看，好端端的一个名字就这样一改再改，最终发现还是原配好。

南昌的大气一在位置，二在人文。王勃的"襟三江而带五湖，控蛮荆而引瓯越"已经把南昌地理位置的大势说尽了，再说都是多余。人文方面当然还得从这位"初唐四杰"之一的王勃说起，他的一篇《滕王阁序》，令南昌的人气陡增百丈千丈，乃至万丈。自此以后，南昌真个是"物华天宝""人杰地灵"，百千年间，当无数追寻者吟诵着"落霞与孤鹜齐飞，秋水共长天一色"的美丽词句，不断从滕王阁下走过时，江西这片远离中原的土地一次次鲜亮起来，先后造化出了如欧阳修、曾巩、王安石、朱熹、文天祥、解缙、汤显祖、邹韬奋等等文学大家。可以这样说，滕王阁在江西文化发展史上起了很重要的作用，正是王勃、韩愈等人"诗文传阁"的传统，引发了江西人才的诗兴文思，促使一批人最终取得了很高成就。据说，滕王阁历史上重建达29次之多，且不断有所扩大，江南的另两座名楼黄鹤楼、岳阳楼也都曾多次重建，包括北方的鹳雀楼在内，这几座楼能屡毁屡建的主要原因正在于"诗文传阁"。由此可见,楼阁易倒,好诗文却不会死亡,这就是文化的力量。

南昌在滕王阁显赫的名声下一路走到20世纪20年代时,就发生了一件惊天动地的大事,这就是天下皆知的"八一南昌起义",时间在1927年。周恩来、贺龙、叶挺、朱德、刘伯承等人领导的这次武装起义,打响了中国共产党反抗国民党的第一枪,中国人民解放军由此诞生。所以,南昌不但是历史文化名城,还是一座革命的英雄城市。

看到一篇文章叫《城市的性格》,好像选自著名学者易中天的一本什么书,内中说,城市不但有性格,而且有性别。看到这句话时我和多数人一样,对多样化的性格自然说不来,对非此即彼的性别却至少可以猜中一半。往下看果然如此,文章说,北方的城市是男性,南方的城市是女性。还列举许多有名的城市一一分析,头头是道,令人信服,但我没有找到对南昌的评说。如果南京也是女性,即便是才子化的女性,那南昌是不是才子加英雄化的女性?南昌在南方的城市中,算不算另类呢?

在南昌的几个点上,我都碰见了乞丐,这没什么,很多城市都可能碰见。在江西饭店,我在退房等车时,想找杯水喝,总台的服务员干脆地说:"这儿没有水!"她头也没抬,让我脸上一烧。在城西八一大桥的桥头东侧,匍匐着两只猫,一只白猫,一只黑猫,那黑猫的爪子下还摁着一只老鼠,的哥讲述着两只猫的来历,还说,因为有这猫,就抓出了一个胡长清。的哥对自己的城市充满信心,也知道南昌和西安比起来,"还是西安好一点点"。我不敢谦虚,对他说,西安与南昌不好比,年龄相去悬殊,经历也差异很大。我心里想着你们南昌只好和西昌比,但没敢说出来,也没有说西安气势大、帝王都等等的话,我知道,南方的很多人其实对西安都不甚了了,只知道有个"兵马俑",再不,就多个"华清池"。他们不知道西安是中国的一座老宅院。

格桑贡措

云南是很多人都想去的地方。前年去昆明,专程到大理、丽江、香格里拉三个著名的小城走马观花一趟,当时感受颇深,现在想起来,许多印象已经有些模糊,只有一个人的形象依然生动,像昨天才见过一般留在脑海中。

格桑贡措,一条20多岁的藏族汉子,师范毕业,当过老师。他是我们此行香格里拉的一名导游。

从丽江一上车,他那张黑黝黝的脸就让我觉得有点面熟,在哪儿见过呢?正寻思着,他站在司机身后开口自我介绍了:"我是小罗纳尔多,但我长得比他好,你们应该为有我这样一位导游而高兴。"立刻引来一片笑声,满车的气氛顿时活跃起来。他的确有几分像,如果出现在世界的某场足球赛上,说不定球迷真以为又来了一个小罗纳尔多,他的相貌和一口还算标准的普通话以及自信的眼神,使我们对这趟出游大大地增加了信心。他接着说:"你们刚刚游完丽江,那是一个遗忘痛苦的地方,你们会把她留在记忆深处,需要的时候再拿出来把玩。我们现在要去的香格里拉是个感悟的地方,感悟高原,感悟生存!"

我觉得这是旅游行业雇人写的导游词,每一位奔走在滇藏路上的导游都可能这么切入正题。不管是不是这样,我是第一次去香格里拉,这些话听起来是新鲜的,带着诗意,很愿意听,一下子和他拉近了距离。和许多导游一样,他也是说说停停,该收钱的时候先陈述理由,收起来毫不犹豫。我在旅游中一般都不额外掏钱去参加晚会或品茶什么的，到他这儿却破例了一回，因为他会说，他说的很多话可能是导游词上没有的，和他的人一样，让人觉得真实，我把还记得的一些大略记述在下面。

"你们在丽江一定看了玉龙雪山，那是丽江人的骄傲，其实，玉龙的雪不比我家后院的雪更多，我们那里的梅里雪山还没有被人类征服呢！"我对着地图查看了一下，梅里的确属于迪庆藏族自治州，虽然与香格里拉已经差去二三百公里。是不是有人登上过顶峰，还真的不知道。

"你们对香格里拉很向往是吧？告诉你们，我最初听到这四个字也是一头雾水。自从这四个字在国外被包装打扮一番又回来落户我的家乡后，便渐渐地产生了一批靠坑蒙拐骗吃饭的队伍，这就是我们导游。我学了16年汉语就专门拿汉语来骗你们。"我还是第一回听导游自己这么损自己，想起前些年曾去苏州，遇上一位男导游变着法地让我们掏钱，还嘴里骂骂咧咧的情景，便对格桑贡措的坦然和勇敢增加几分喜爱。我知道他只讲了导游要赚钱的一面，没有讲自己像黄牛一样常年奔波在滇藏路上的另一面。

"我们香格里拉人不缺热情，我们张开双臂欢迎你们！我们这里的一切都发生着深刻变化，随着你们一批一批的到来，连藏民的笑容里也露出一丝刻薄，在我看来，你们是一群吃饱饭没事做的人。"这话说得太刻薄了些！我们在他眼皮子底下，不便反驳，况且还得跟着人家转悠呢，随他怎么说吧。

车子在峡谷间穿行，有些路段令人心惊肉跳。中途要停车休息，他把话先说在前头："游客的好奇心十分强大，越是乱石林立越想抬头仰望，请一定注意安全！"

再次上路，他的话筒又响了："你们是来寻梦寻浪漫的对吧，在我看来，这里一点不浪漫，没有人比我们高原上的生存条件更艰难，峡谷是看的，当地人恨死了，两边的声音听得见，握手需要三四天。让你去高原放牧一个月，你就知道是不是浪漫了，为适应生存，要忍耐自然界，是自然选择人，不是人选择自然。你们把我们的脸叫高原红，远看像苹果，近看都是血丝凝成的，谁喜欢？都是千百个日子沉积下来的。"这话已经有点沉重，从导游的嘴里讲出来，把我们旅游的意义又深化了一步，满车一时沉寂。

　　车上有几位年轻的女子，他对着人家调侃道："你们那里的女孩子不知为啥那么白，白得让人心疼，我怀疑是不是人皮做出来的。"惹来一阵叽叽喳喳，气氛再次转为热烈。

　　大客车奔驰在高原，不远处散布着藏民的零星房屋，有猪在草地上溜达，格桑贡措又开口了："我们藏族人养的狗比自己更值钱，我们养的猪是在草地上放牧长大的，两个月长到话筒这么长，三年长到80多斤，我对我父亲讲两个月喂一头百十来斤的猪，他勃然大怒，训斥说给你钱去读书，你却学了些骗人的东西！"我相信这情况是属实的，谁不知道藏獒凶猛且贵重，而眼前的猪的确活得很不易。

　　他的站位似乎比我们满车人都高，围绕生存问题从人到畜生说了许多话，一再地启发我们去感悟，快到目的地时又带总结性地说："理解青藏高原要从生存角度去理解，不能只收获几个故事，我们现在的日子是最好的时候，农奴时代过去了，牛羊是自己的，女人是自己的。"看年龄我怀疑他可能还没有自己的女人，但有相好是一定的。有人问他去没去过北京或者上海，他说："我不会再去你们华北，地表温度40，热死了，打死也不去，人跟蚂蚁一样啊，看见了活佛毛主席遗容是最大的收获。"

　　就要进入香格里拉了，他动员我们晚上去藏寨参加联欢活动，他是这样动员的："现在，我要把我导游的狰狞面目露出来了，导游是要挣钱的，12月以后鸟都不往香格里拉飞，我就是现在挣钱，但我不强迫你们一定参加，三种价格各取所需,你们把钱准备好。"他一一介绍了活动内容和三种价格的三种待遇,以及自己从中的提成,然后笑眯眯地开始收钱。我们选择了中等价格的,我注意到一车游客只有三两个人说需要休息不能参加,其余的掏钱都很爽快。进寨子前他提醒我们说:"在高原要靠高热量的食物,吃肉不要讲客气。筷子是中国文明进程的标志,我们寨子里没有,别人用手和刀,你用筷子会饿死的!"

  联欢活动果然如格桑贡措所说,热闹非常,我们一边喝酒吃肉,一边看歌舞表演,不少游客也情不自禁加入其中,有的发感叹,有的献歌舞,真成一家人了。我端了两杯酒走到他面前,把一杯递给他,我说,在我遇见的导游中,你是我印象最深的一位,干杯!他咧着嘴笑,连说谢谢大叔!中途,我又一个人溜出去,在寨子后院看高原的新月,十分洁净,也十分清冷,像洗过的一样,不禁心生几分醉意。

  我真的醉了。准确地说,是酒精引起的高原反应。第二天早晨,竟头痛胸闷,恶心呕吐,几乎不能起床。听说要看古城,看更高处的碧塔海、属都湖,于是买了三筒氧气,在老伴的鼓励下强打精神上路。

  一路上格桑贡措还说了些什么,已经没有精力听进去了,只记得在古城边,他说:"旅游,光有喇嘛寺是不够的。你们游客爱看茶马古道,拉什人硬是在拉什海砸出了一条古道,你们喜欢看古城,我们香格里拉人就建了一座新古城。"在属都湖,他说:"每一座山峰每一片草原每一条河流都有神灵,到了这里,你一定会听见,每一棵草每一朵花都在嘲笑人类!"

  他说得没错,我们到这儿来干吗呢?是来寻找慰藉还是寻找嘲笑?看我忍着痛苦一副狼狈的样子,花草神灵纵然不嘲笑,我自己都会嘲笑。

  格桑贡措,你还奔走在滇藏路上吗?

一 朵 菊

诗友们出了一个诗题《菊》，我写了一首七绝：

> 每遇寒风便送香，几回得见上厅堂；
> 此花只应东篱下，落尽金辉似残阳。

历代写菊的诗词太多了，佳作不在少数，最有名的莫过于陶渊明"采菊东篱下，悠然见南山"了，读着这美妙的句子，想着菊花的诸多品性，竟勾起了记忆深处的另一朵菊。

那是一朵小得不能再小的野菊，细碎的白花瓣令人心头一阵发颤。它就开在父亲的坟头上，我和二哥同时弯下腰身，凑到近前看了许久，二哥一边看一边还说："好些日子没来了，这不知啥时候开的，你看你来了，大（父亲）已经晓得了。"他还故作轻松地"嘿嘿"笑出声，向我脸上看过来，我把头转了过去，跪倒在坟堆前。

这是我第一次给父亲上坟。

记得 70 年代末探家时，父亲还好好的，才三年，我回来就要面对一抔黄土，心里实在泪肠不下。父亲才 60 多岁啊！才刚刚在自家的地里开始新的劳作，还没有看见我走进大学门呢！父亲最大的愿望就是自己的子女中能出一个教师。

父亲病重时，家中曾给我连发两封电报，第一封报"病重"，第二封报"病危"，至此再无下文。这是我参军之后唯一收到家中的电报，虽知大事不好，但部队有任务，咬着泪水

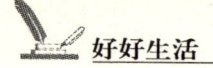

回电报"不能回家!"就这样错过了与父亲最后见面的机会。

父亲去世后,我直到第二年完成任务,又报考完院校才顺路去给父亲上坟,当时还不知道自己考取没有,二哥却把握十足地说:"考上了,一定考上了,就是大没看见……"他再没往下说,我心里一阵欣慰一阵酸楚。

母亲那时还健在,在一旁问:"你大的坟好着没?"我说:"好着呢,坟上还有菊花开着。"母亲便露出笑容:"你都30多了,还要上学啊?好,好,上去上去!"

自那次走出家门后,那朵若有若无的野菊,便一直开在心头了。

突然又想起谁的一句诗:"一朵花,一颗星,一个思想。"

是的,父亲是有思想的,他永远像天际的一颗星。

家乡有个好地名

1

家乡的一位教师寄给我一本《会宁史话》,我很是喜爱,很快就读完了,还觉读得不够,遂搁在枕边,一躺下来就翻翻,一翻心里就有一股暖意。这是家乡的史话啊,无论编写水平怎样,史料价值多大,都是家乡的很多有识之士用心血和汗水凝聚而成的,我要倍加珍惜,用心去阅读。

寄书的这位教师是我的乡党,也是史话的撰稿者之一,据我所知,他在教书的同时,还热爱公益事业,很注意收集整理当地的轶闻史料,经常撰写文章。和书中不少其他的撰稿者一样,他们的名字都没有收在书前的编委会编写人员名单中,只在他们所撰写篇目的末尾加一括号注明某某某,或许是史话编写时约定的一种程式吧,也算是在一本书中留下了编写者的名字,但我还是对他们心生敬意,至少他们都不太计较著作的署名权,或许他们心里想,能为家乡的史话尽绵薄之力已经是很光荣的事情。这位教师寄给我的书兴许就是顶替给他的稿费也说不定,我知道家乡是很穷的县,要实打实地算起来恐怕是有不少难处的。

世上的人,大约没有不热爱自己家乡的,哪怕再穷再苦,也是养育自己成人的地方,哪怕走到天涯海角,心底总珍藏着一份暖暖的记忆。中国人天性内向,尤其珍惜这一情结,活着活着就想穷根追底,名曰"寻根"。古人说"月是故乡圆",五个字就把一个民族的秉性和恋乡心理刻画出来了,真是高明透顶!我有时想,像"月是故乡圆"这样的句子,恐怕只能由我们这个民族说出来,西方的有些民族似乎生性好斗,走到那儿就征服到哪儿,占领一块地方再占领一块地方,便都认作自己的家园,故乡的观念怕是很淡漠的吧。

2

我是一个孤陋寡闻的人,总在一种氛围一种生活模式中转圈子,连自己的家乡也知之甚少,甚而连自己祖宗都不甚了了,实在算得上忤逆。但内心深处,一直对家乡怀着敬畏感,步入老境,再逃不脱人生的心理规律,怀旧的情结像根丝线般不断揪着自己的心,总想多了解些家乡的事情,知道自己的来历,也是"不忘根本"的意思吧。

这本《会宁史话》来得恰是时候,带给我不少信息,使我知道自己的家乡也是历史悠久的地方,曾经水草丰盛,山林茂密,还因粮食充足,曾一度被冠名"粟州"。据说,我的祖先在600多年前,就是因为看上这块地方可以放牧而落户的,因为祖先们都是蒙古族,原本就是牧民。如果像现在这个样子,我设想,他们宁愿冒着被朱元璋军队的追杀,也要逃到自己的老家蒙古草原去。我又设想,地球是圆的,地轴是斜的,而宇宙中是危机四伏的,地球在绕着太阳的奔走中始终充满风险,会受到许多干扰,不会总是保持一个不变的姿势,稍稍偏移一下身子哪怕是一丝一毫的偏移就足以改变地球上某些地方的面貌,况且还有人类,也在天天制造干扰呢。事实正是这样,要不就没有"沧海桑田"的成语。

百千年来,家乡虽沦落得山干岭秃,面目全非,但家乡的人却一代接一代地拼搏着,生存着,用史话上的一句话叫

"上山受苦精神十足"。史话上说，1936年红军主力一、二、四方面军会师会宁时，单在郭城驿一地就筹集到四五百石粮食，约合70多万斤，这数字也算可观，可见那地方是足以养育人的。郭城驿正是我们村子所在的镇，小时候能走到20里外的镇上转转也是开眼界之事，看到这则史料，我真为家乡感到荣耀，在中国革命很困难的时候曾经为革命做出过贡献，尽管十分微小。党和政府没有忘记会宁，当年中央在决策会师地点时，毛泽东主席说："会宁，好地名，好地名啊！红军会师，中国安宁。"凭这一句话，会宁成为红军会师圣地。如今，会宁又成名副其实的红色旅游胜地，前些年修建了红军会师纪念塔，近几年又新建了红军长征胜利纪念馆，而且是全国最大的唯一全面反映红军长征历史的纪念馆。当地政府还把革命圣地游、民俗文化游、教育考察游和旱作生态农业游紧密结合起来，盘活了旅游资源，每年都吸引着成百上千的民众去参观旅游，接受传统主义教育。

3

会宁有崇文重教的好民风。史话上记载，清代会宁共出进士17人，举人113人，贡生275人。出生县城的杨思（字慎之）先生在清光绪年间曾任翰林编修，是甘肃省留学日本的第一批人员，中华人民共和国成立后写过一首《游华山》的诗，习仲勋呈送给毛泽东主席看，老人家看后赞扬说："有气势，不亏出自翰林之手。"会宁现在是"西北高考状元县"，被誉为"博士之乡"，在全国很有名气，国内各大媒体都曾报道过。史话上说，会宁教育是金闪闪响当当的品牌，30多年间，走出博士200，硕士2000，学士2万，许多人成为省级、国家级和世界级的英才。老君乡有个杨赵村，有30户人家，考出了50多名大学生，平均每户近2名，这在经济十分落后的偏远山区，几近是神话，但的确是事实。会宁人把在黄土地上劳作叫"下苦"，总对后代说，娃娃，把苦下够，就有好日子。这个苦，自然也包括读书。从杨赵村的情形可以想见，会宁人下在教育上的苦，甚至比下在黄土地上的苦还要大。如果没有政府苦抓，如果没有教师苦教和学生苦学，如果没有家长苦供和亲友苦帮，一定没有会宁教育的金字品牌，这五个苦字会宁人叫"五苦精神"。

越穷的地方往往越重视教育似乎是一条规律，因为希望总是在后人身上，在没有别的出路时，让孩子读书恐怕是最好的也是唯一的选择。记得我上小学的时候，学校就在村边的一座旧庙宇旁，教师不少，学生很多，方圆十几里的村庄都有学生在这里上学。因为六个年级的教室不够用，又把一座庙里的神仙请出来，改当教室，井然有序，教学质量在全学区名列前茅。我的头脑里还留着当年上晚自习的一点影子。山村的冬季天黑得格外早，晚自习要点煤油灯，我家离学校有一里多路，没风的时候，从家里就把灯点着了，然后一手端灯一手遮挡着走到学校去，为的是路上照明，上完自习再用同样的办法照着回家。现在想起来，那墨水瓶做的煤油灯如在眼前，一豆亮光一闪一闪的，照着脚下的路。

我小学毕业时的班主任是张凯老师，他也是学校的校长，瘦条身，高个头，喉头突出，讲起话来很有气势，对我们要求极严，但绝不没完没了总辅导，升初中考试前一天，他还带着我们爬山玩。记得我们班只有11名学生参加了升初中的考试，学区"放榜"那天，太阳已近西山，我们在人群中踮起脚尖还在大红纸上寻找自己的名字，他从身后把我们一个个扯出来，大声说："走，走，还看个啥，回家去！"一脸的喜气洋洋。我始终没看见自己的名字就跟着一起上路了，路上，他一一数点着我们的名次，我是第二名，我的一个比我大一岁的侄儿是第一名。"好，好，没有出前二十名！"他边说边笑出了声,原来他是从前往后看,我们是从后往前看。我们那时还不懂什么叫发自内心的高兴,更不懂一个教师对自己的学生究竟有多大企盼,所以远没有他兴奋,他不顾天黑,非要带着我们从镇上赶20里路回家去,结果走着走着实在看不见路了,只好在中途的一位学生家里住下了。

  张凯老师在家乡那一带的声誉很高,不知现在过得怎么样,有一次回家,差一点就可以去看望他了,因为等车还是什么原因没有去成。

  我很想念我的张凯老师。

4

  会宁历史上曾出了不少人物,从文官、武将到学者、模范,在甘肃境内都曾有很大影响。史话在"风云人物"一章列出了29位,远的如东汉时期的张济,被汉献帝封为骠骑将军,平阳侯,出屯弘农;三国时期的张琇,他曾跟曹操叫过板;南宋时期金国的靖难节度使郭虾蟆,在金国灭亡后还坚守会州,元军破城后自焚。清代15岁从戎的王万祥,曾以福建兴化总兵身份驻守台湾,"不期年而大治",被任福建陆路提督,康熙夸他"声名最著",至今,泉州的王万祥祠依然香火旺盛。清代武德将军张文连,原是董福祥麾下一员虎将,在左宗棠收复新疆时,作为董部前驱反击阿古伯侵略势力,战功卓著,擢升守备,先后驻防喀什、乌鲁木齐等地,做了很多公益之事,后官至都督。清代会宁出的进士如苏耀泉、刘庆笃、秦望澜、万宝成、苏源泉等都为官清正,颇有建树。史话还收录了会宁在中华人民共和国成立后在教育、气象、报业以及烹饪等行业作出了不凡业绩的若干人物,读着这些人物简介,我一再被感动着,心灵似乎受到了一次洗礼。同为会宁人,在他们面前,我除了老老实实做事做人,实在无话可说,未曾料名字竟被列在第29名,也滥竽充数地被算作一位人物,在惶恐中惭愧得不知如何是好了。人物中还有一位叫郭富山的,解放前是孤儿,被一地主收留为长工,中华人民共和国成立后当农民,从1964年起开始挖山植树,历时23年绿化了一座荒山,命名叫红嘴山。宋平和钱正英还曾登上红嘴山,品尝过他从树上摘下来的红香蕉苹果。1983年,《人民日报》以《活愚公——郭富山》为题报道了他的事迹,1990年,当地政府在红嘴山为他立碑,并塑像。望着他的名字——郭富山,我不胜感动,他一个人可以富一座山,如果有更多他这样的农民,家乡的干山秃岭何愁不能改变!

以史为鉴,可以知兴替。甘肃省委书记陆浩在史话的"总序"中写道:"每一代人都承载着自己的历史使命","知史明志,我们应该多一点责任感和紧迫感,以求无愧于历史。"掩卷而思,这话似响在心头。

中国男儿的精神光芒

一首好歌必定具有长久的生命力，同时也会折射出历史的光芒。

今天，当我们踏着前贤用身躯谱就的音符，再次唱响《中国男儿》这首诞生在100多年前的"校园歌曲"时，不能不为它大气磅礴的词句和昂扬激荡的旋律而振奋，而鼓舞，而心潮澎湃！100多年前，中华民族正处在任人宰割的最黑暗最悲惨时代，一首《中国男儿》唱出了民族心底的呼喊，并从那时一直传唱到"五星红旗迎风飘扬"，我们不难想见，它字里行间闪耀的历史的和精神的光芒曾经令多少英雄荡气回肠！

邓稼先就是英雄中的一位杰出代表，他最爱唱《中国男儿》，也具有最高奉献精神，他为新中国的"两弹"事业做出了巨大贡献，用"鞠躬尽瘁，死而后已"书写了自己的一生。20年前的8月，杨振宁曾在《邓稼先》一文中说：假如有一天哪位导演要摄制《邓稼先传》，我要向他建议采用《中国男儿》这首歌作为背景音乐。我们应该感谢电视剧《五星红旗迎风飘扬》的制作者，他们让这首歌在五星红旗的飘扬中再次唱响了！

记得1990年听"两弹"的一场报告会，有个情节令我至今难忘：1950年代中期，一批优秀儿女即将奔赴核试验基地，张爱萍将军作动员时讲了三句话：春风已度玉门关，西出阳关有故人，不破楼兰誓不还！"两弹"的英雄们正是在这铿锵的壮语中走进大西部，在极其艰苦卓绝的境况中背负国家重任和民族使命，倚剑昆仑，以雷电和火的魅力最终用自己的双手托举起一轮太阳，他们无疑也是"中国男儿，要将只手撑天空"的勇敢担当者。

还记得1960年代的最后一个春天，在经过十多天跋涉之后，我们终于落脚大漠边缘，那是一座很小的小城，她像帕米尔隆起前飘零的一片绿叶，又像塔里木干涸时遗落的一叶扁舟，离家乡太遥远了！当我们知道将从事我国刚刚起步的卫星测控事业时，无不心潮起伏激情满怀。"男儿西北有神州"，从此，我们在天地间为祖国的卫星搭建起一座坚不可摧的桥梁，守望着一片天域，用我国自己设计制造的测控设备为我国的每一颗卫星保驾护航，日复一日，年复一年……

40多年过去了，今天，我国的航天事业从"飞向太空"、"载人航天"已经走向"深空探测"，这是几代人艰苦奋斗的结果。今天，当我们站在新的战线上，回眸那段难忘的岁月，更加为华为在全球所取得的卓越成就而振奋，而自豪！诚如一位科学家所言："在世界极端竞争的形势之下中国还要努力，必须要有更多的年轻人能够有更多的奉献精神。"是的，人生短暂，面对新的挑战，"我们要潇洒走一回，敢于拼搏，敢于领先"，做新时代的中国男儿！

嚼得菜根，百事可成

怀着轻松愉悦的心情读李小文院士访谈录，既有对院士学术成就的钦佩，也有对他一以贯之的简单生活和独立人格的敬重，还数次为他真实的表现和真诚而诙谐的语言发出笑声，笑过之后，留下的是感慨和深深的思索……

中国有句老话：嚼得菜根，百事可成。这是告诫人们：成功来自奋斗。菜根的内涵广泛而丰富，那可能是艰苦的工作、简单的生活，也可能是薄弱的基础、落后的技术等等，面对现实，"板凳要坐十年冷"是菜根的味道，"当机会呈现在眼前时，若能牢牢掌握，十之八九都可以获得成功而能克服偶发事件"，也是菜根的味道。

李小文院士既有坐冷板凳的精神，又能牢牢把握机会专攻一门，终于取得在国际上领先的学术成果，这是无数科学家差不多都要经历的艰苦旅程，而他在成功面前始终保持着宠辱不惊、去留无意的胸怀和心境，保持着平平淡淡但却真实的自己，这是中国知识分子难得的节操和品德。

李小文院士让我想起了另一位同样真实的李院士，就是我国航天领域著名的卫星测控专家李济生。他是一名孤儿，我国发射第一颗"东方红一号"卫星时，他走出南京大学校门不久，还是计算机岗位上负责总联程序的编程员，经过20多年的勤奋努力，到1990年代中期，他研发的"卫星精密轨道确定系统"填补了国家在这一领域的空白。他在介绍自己的研究成果时，像李小文院士解释几何光学模型一样，用两句话概括:"一是解决了后续型号卫星立项问题;二是为卫星建起了高精度的轨道计算系统。再一个意义就是,可以用这种方法反过来鉴定我们测量设备的精度。"两位院士对本专业的深刻认识、理解、应用与表述令人十分信服,对我们如何理解客户需求从而提供高质量产品也有很多启示与教益。联系他们的诸多事例,不能不使人觉得:在科学技术上有所建树的人,往往具有独特的气质和个性,这种气质和个性最大的特点是真实,集中反映在他们的科学研究中,也反映在他们日常生活的点滴中,诚如李小文所说:学识和人品有很强的正相关。李济生院士为人非常随和低调,他的谦虚谨慎、为人师表在单位有口皆碑,不少新同志都曾被他问及这样那样的技术问题,有时是他讲给别人听,而有时是别人讲给他听,真正学术面前人人平等。有一次有个出国学习机会领导决定让他去,他仔细看了学习内容后觉得与自己的专业联系并不紧密,就把名额让给了别人。他曾担任基层领导职务,为了专心致志从事研究,主动提出辞去行政职务。"图大者,当谨于微","有所为,有所不为",他的成就使我们感到:院士的桂冠凝聚着艰辛的劳动和无数心血,也彰显着我国科技事业的发展、进步与希望。

由两位院士的经历也想到华为,的确,华为已经取得了很大成功,艰苦奋斗、开拓进取的实干精神和成就客户、诚实守信的社会使命与信仰,以及不断自我批判的危机意识,使华为从模仿、跟进到领先,早已蜕下了土包子的穷相,并一步步在全球塑造了自己独特的品牌和形象。但华为离百年老店还有很远距离,面对大数据时代,大机会时代,华为能否下大决心,谋大战略,寻找大数据时代的"巴拿马"、"苏伊士",这取决于华为开放进取的胸怀,也有待华为员工境界与视野的不断提升。

斯宾塞曾说:"成功的第一个条件是真正的虚心,对自己的一切敝帚自珍的成见,只要看出同真理冲突,都愿意放弃。"我们自己有没有敝帚自珍呢？在自信的同时有没有自高自大情绪？我们不愿多说艰苦，也不愿自己的孩子再尝苦，觉得穷日子正在远去，但成功的法则却告诉我们，"成名每在穷苦日，败事多于得意时"，成功常常是很多人吃苦受累的积累。

　　华为人长于向世界所有的先进学习，包括自己的竞争对手；华为人虽然变得洋气了，但同样需要向科学家李小文学习，无论人们称他为"布鞋院士"或者"山村老人"，都丝毫遮蔽不了他"高大上"的人格形象。比如他的专攻一门、锲而不舍的精神，这与华为聚焦主航道的做法是完全一致的；他实事求是的科学态度和敢为人先的思想，在重要的变革时期，华为人正需要用这种态度和思想超越自我，超越他人；他追求简单的做事原则与方法，也是所有科学工作者应该追求的，既是华为文化的导向，也是做人做事的原则。李院士由于偶然因素而走进遥感领域，一旦走进去，他学习时想到"花了老百姓很多钱，不回国问心有愧"，做课题做到"对得起课题"，他的论文被引用多，说明他"文章不写半句空"，这都是真心投入；带学生他主张"有教无类"，谁愿意跟他都愿意带，这是踏踏实实地付出；取得了研究成果，他想的是"应用上有需求，就要敢想技术上怎么满足；技术上有新玩意，就要敢想怎么能用上"。这是真正的科学精神，也是科学研究的最终目的。所以，我们学李小文要像李小文做人做事那样的态度，真心学习，努力学习，踏踏实实学习。

好好生活

百草园

2015年的3月,我来深圳恰好周年。

从远观到走近,由陌生而熟悉,我突然对这座"奔跑的城市"心生爱恋。不因她是"四大一线"城市,也不因她是改革开放窗口,她如何从一个小渔村发展为有一定影响力的国际化城市,她创造了"深圳速度",以及享有"设计之都"、"钢琴之城""创客之城"等等美誉,这些,都与我无关,我与她只是偶尔的一次邂逅,我只在乎一条路,一个园,路是稼先路,园是百草园。

稼先路上,每个早晚都人流涌动,汇成一条长长的河,一条静静的河,一条阳光的河。如果你细心留意眼前的一幕,就会发现每一个走在稼先路上的人,都行色匆匆心无旁骛,无暇向路旁抛去哪怕短暂的一瞥,他们走着走着就没入草木深处,只把一个隐隐的身影留在长长的道上。但,这并不影响深圳3月的美丽,不热不冷,不潮不燥,最是一年春好处,空气清新欲醉人,草木一边落叶一边生长,静静完成新旧交替;街头路畔,有绿色的地方就有花朵,每一朵花都露出微笑,成片的花在季节里烂漫。你走着,有时就要飞花扑面了,你是否稍稍驻足?抛开深深的思索,收起手中的玩物,你是否向路旁顾盼?须知,不管你走到哪里,所有的景色都在路旁!你收回目光的一瞬,或许就会有一位窈窕的华为女子从身边走过,她的步态轻盈如燕,是否牵动你一丝情愫带给你某种快乐?这时候,你可以沉默不语,但你还甘愿做"低头族"吗?相信你不会做损伤颈椎，平添脸上皱纹，甚至引来意外风险的傻事！

走过稼先路，很自然地生发出另一种情怀——想念我国的两弹元勋邓稼先。虽然没有见过他，但我能想象，为了祖国原子事业他如何瞒着家人走进大漠深处，从此隐姓埋名，奔走在飞沙走石的戈壁试验场；他如何在生死系于一发的危险时刻，站在操作人员身边，以大山般的姿态与镇静给作业者以极大的鼓励。1964年的10月，当东方一声巨响震惊世界的时候，世人都不知道这颗原子弹的设计方案正是由他最后签字确定的。走过稼先路，我还想起他去世前不久的一件小事，当时组织为他配备了一辆专车，他在家人搀扶下坐进去转了一小圈，表示已经享受了国家所给的待遇。他是用自己的青春和生命，也用自己的精神和人格，铸就了一条稼先路！如今，奔走在稼先路上的华为人，肩上担负着时代的重任，心底燃烧着青春的火焰。

百草园，深圳不知名的一座小园，一座座欧式建筑风格的公寓楼掩映在层层林荫之中，几分幽静几分温暖，园内草地上四季有各色花朵绽放，条条曲径令人产生悠远的遐思；百草园，华为员工的栖息园，生活服务设施齐备，文体娱乐活动俱全，当你雄心满满踏行园内小径，当你披一身征尘四海归来，这儿可以平复你躁动的心绪，也可以消解你疲惫的身躯，让奔走的灵魂得到短暂歇息；百草园，有人昨晚踏进，今早就远走高飞了，也有人以园为家，一住数年。

夜晚的百草园是令人惬意的，月亮把柔软的光洒在树梢上，再溅落到路面上，星星点点，几处明朗几处疏影。有人加班后踏着月光缓缓归来，也有人在小径旁的座椅上轻轻诉说。

百草园有雨的夜晚，除了沙沙的雨声一切都是安静的，如果你没有入梦，如果你不是一头扎进手机，枕上听雨是一种意境，灯下翻书是又一种意境，凭心情与爱好任由选取。劝你不要思考业务的点点滴滴，以免紧绷的弦更加绷紧，好好的夜晚就被作践了！前些日子有员工问如何抑制浮躁保持平静心态？

我说一要热爱生活,二要多多读书,三要亲近自然。古人是聪明的,早就说过"读万卷书,行万里路"的话,其实古人要真正做到这两条比今人难很多很多,万卷书从何而来?当时的士大夫、读书人要找万卷书都是一大难事,百姓人家别想!至于行万里路,那就更难了!

公元1094年,59岁的苏东坡被贬惠州,当时他正在定州任上,定州至惠州不过两千公里路程,东坡一行五人从4月走到10月,直走得疾患缠身,心情几度灰暗,倘若不是大文豪的一股浩然之气支撑着,倘若不是沿途壮丽山河的鼓舞与激励,恐不会平安到达惠州,也不会一踏上惠州土地就热泪盈眶地口占一首《十月二日初到惠州》:

仿佛曾游岂梦中,欣然鸡犬识新丰。吏民惊怪坐何事,父老相携迎此翁。

苏武岂知还漠北,管宁自欲老辽东。岭南万户皆春色,会有幽人客寓公。

今人已走进信息时代,网络即时将大数据送进千家万户,读万卷书有何难哉!恐怕难在培养阅读的情趣和坚持不懈的精神。李克强总理说:书籍和阅读是人类文明传承的主要载体,闲暇时间阅读是一种享受,也是拥有财富,社会进步、文明程度提高的十分重要的标志。把阅读作为一种生活方式,与工作方式相结合,不仅会增加发展的创新力量,而且会增强社会的道德力量。我想,如果能以阅读为乐以读书为荣,还会浮躁么?

面对地球已成村落的现实,行万里路易如反掌。华为作为一家全球性企业,千万员工的足迹踏遍世界各地,他们的故事都在路上,他们在经受种种艰难困苦甚至极端条件考验的同时,也学习借鉴和领悟不同文化对人类的贡献,也领略多样化自然风光的韵味,增长见识、开阔眼界、抒发胸怀,身心与精神境界都得到极大提升,这些只有行万里路才会获得。

后 记

  女儿把我零零碎碎写的东西整理后发给我看，我有些小吃惊，原来这些年自己在写作上也有了一点小积累，虽然成熟的作品并不多，越往后越拉杂。删减掉数十首旧体诗词，决定出版。

  我的这些习作，多数产生于行走的路途中，或者静夜的枕头上，有时也会随手记下来，以免灵感一闪而过再也找不回来。有了智能手机后，记备忘录渐成习惯，从此口袋不再装小本子。

  十多年前，著名军旅诗人朱增泉将军曾对我说：要学会发现，学会创作，单凭感情记忆，用不了几年，几十年边疆经历就会被你写完。今天，再读自己写的东西，不免又有些惭愧。转眼退休已8年，这8年其实退而未休，从一座城市到另一座城市，工作生活又有新的积累，习作却逐年减少。但愿自己的第二本诗文集，能督促自己把写作坚持到底。

  十分感谢叶延滨先生为我的诗集撰序，使这本集子增光添彩。叶先生一直是我心中的诗歌大家，我曾读过他的不少作品，从中获益匪浅，是我未曾谋面的诗歌老师。

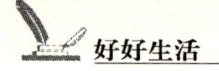 好好生活

　　我也感谢李自国先生为我这本集子付出的辛勤劳动，他曾编辑过我的第一本诗集《走在西部》，对我的诗歌创作起到了指引作用。

　　我也感谢诸多业余诗友给予的帮助和爱护，支持我继续前行，再前行。

2017年5月8日于西安